Christian Bobin

Tout le monde est occupé

Mercure de France

*pour Hélène Gratet
et Gomez*

Ariane buvait, dansait, riait. Robe bleue, cœur rouge. Un beau mariage. Boissons, danses et confidences. Un château avait été loué pour l'occasion. Château, c'était beaucoup dire — plutôt une grosse ferme avec des salles immenses, des murs épais et des plafonds bas. Ariane buvait beaucoup, dansait beaucoup et riait encore plus. Personne n'avait jamais réussi à l'éduquer, à lui apprendre les bonnes manières. Les bonnes manières sont des manières tristes. Ariane n'était pas douée pour la tristesse. Elle aimait et elle voulait. Le reste n'importait pas. Vivre est si bref. Donne-moi ce que j'aime. Je n'aime que la vérité. Donne-moi ce que tu es, laisse tomber ce que t'ont appris tes maîtres, oublie ce qu'il est convenable de faire. Telle était la magie d'Ariane : une rare plénitude d'être là, fraîche, simplifiée, simplifiante. Tu me prends, tu me laisses, mais surtout tu ne me fais pas la leçon, tu ne m'expliques pas comment il faudrait que je

11

sois. Je suis comme toi un cadeau de Dieu. Un cadeau ne se discute pas. Vivre est si rapide, il faut bien mettre un peu d'enthousiasme là-dedans, non ? Tout Ariane disait des choses de ce genre. Elle avait choisi son mari parmi dix possibles. Ce mariage était jour de fête pour un homme et jour de deuil pour neuf autres. Un deuil réjouissant, enivrant, coloré : on ne pouvait pas en vouloir à Ariane. Autant faire des reproches au printemps. C'est Ariane et c'est la vie, blessure et lumière vous arrivent en même temps, on ne peut faire le tri, on ne peut demander un temps de réflexion, une pause, un répit, c'est la vie et c'est Ariane, deux épousées en une.

Mariage classique. D'abord la mairie, ensuite l'église. A la mairie, rien à redire, tout est parfait. Calme, froid, républicain. Le maire est en vacances. L'adjoint à la culture le remplace. Il a un ulcère à l'estomac, une grande fille qui va bientôt quitter la maison pour suivre des études en Australie, une épouse qui le trompe tous les mardis soir avec le même amant, depuis douze ans. L'adjoint à la culture ne croit pas aux vertus du mariage. Cela tombe bien, on ne lui demande pas de croire, on lui demande seulement de réciter quelques articles de loi, sans mettre le ton, surtout sans mettre le ton. Il s'acquitte très bien de sa tâche. Une heure plus tard, c'est l'église. Après la loi, la grâce. Deux nœuds valent mieux qu'un. J'ignore combien dans cette assemblée croient en Dieu — prêtre compris (pensée d'Ariane). J'ai mal aux pieds, je n'aurais pas dû choisir ces chaussures (pensée du mari d'Ariane). Ma fille n'a jamais été aussi radieuse qu'aujourd'hui. Chaque fois qu'elle s'apprête à faire une bêtise, elle rayonne (pensée de la mère d'Ariane). J'ai soif (pensée du père d'Ariane). Elle est vraiment belle, cette fille, et en plus elle est drôle. Elle me trouble et elle le sait. Seigneur Jésus, je veux bien croire que vous ayez traversé toutes les épreuves, mais le mariage, qu'est-ce que vous en faites du mariage, vous l'avez soigneusement évité, non ? (pensée du prêtre). Qu'est-ce qu'elle lui trouve, mais qu'est-ce qu'elle lui trouve ? (pensée des soupirants d'Ariane, assis sur les bancs du fond). Autant de pensées, autant de personnes présentes, lavées, parfumées, endimanchées. Le prêtre oublie son émotion, rattrape sa croyance *in extremis*, redevient prêtre et accomplit son travail qui n'est pas mince : parler avec assez d'énergie pour que les mots de Dieu (oui, excusez du peu : les mots de Dieu, les grands rayonnements du soleil) renversent cette muraille de parfums, de pensées et de costumes pour atteindre, sans perdre de leur puissance au passage, quelques âmes. Au moins quelques âmes. Au moins une. Une seule et ce serait gagné. Évidemment, c'est impossible à savoir. Bon, allons-y. Le prêtre parle. Dans la fraîcheur de l'église, sa voix ouvre un sillon de feu. Quelque chose pour quelques-uns se passe, au moins pour quelques minutes. La convention est oubliée. De l'amour fou plane dans l'air. Tout le monde n'apprécie pas. Ariane adore. Quand le prêtre a fini de parler, elle se retient de l'embrasser sur la bouche : ce qu'il vient de dire, son mari ne le lui a jamais laissé entendre, et croyez-moi, ce n'est pas une question de langage, de métier ou d'éducation, pas du tout. Allez, Dieu est venu, Dieu est parti, on sort, Ariane et son mari les premiers, une pluie de roses sur leurs têtes, du soulagement pour tous, la fête va commencer — à moins qu'elle ait déjà eu lieu — comme on voudra.

Ariane porte une robe bleu ciel. Quand elle danse, on dirait que le ciel se creuse. Dessous le bleu du ciel, il y a le plus doux corps du monde, et dans ce corps, un cœur battant mieux qu'un tambour. La soirée s'avance. Les invités s'endorment les uns après les autres, affalés sur les tables encombrées de viandes et de liqueurs. L'orchestre, lui aussi, est atteint de langueur. Le bonheur est une chose fatigante. L'accordéoniste est le premier à s'endormir, bientôt suivi par le guitariste. C'est le chanteur qui reste éveillé le plus longtemps. En fait, il dort debout, les mains serrées autour du micro. Il chante désormais à l'intérieur de son rêve. Il n'y a plus qu'Ariane et son mari, les yeux ouverts, chacun à un bout de la salle. Il y a dans le mariage une

14

part de jour et une part de nuit. La part de nuit vient de commencer. Le sommeil a pris tous les invités sans exception. Ce qui va suivre ne doit être vu de personne. Quand cette partie de la fête aura eu lieu, les invités se réveilleront d'un seul coup et pousseront des cris de joie. Les danses reprendront, les bouteilles de vin circuleront à nouveau. Mais il faut d'abord en passer par là : l'épouse qui enlève sa robe bleu ciel, la pose délicatement sur une chaise, plonge ses deux mains sous son sein gauche, écarte les chairs et sort son cœur de sa poitrine, le fait tourner lentement sous la lumière des néons, sans quitter son mari des yeux. Son cœur nu dans ses mains blanches, elle traverse la salle à petits pas pour le confier à son mari. Le mari regarde, attend. Ariane marche, enjambe des corps endormis, renverse une flûte de cristal. Elle est maintenant à deux mètres de son mari. Son cœur bat dans ses mains comme un moineau captif. Elle est à un mètre de son mari, elle le regarde, elle voit l'ombre dans ses yeux, elle devine les années à venir et que cet homme ni sans doute aucun autre ne saura quoi faire d'un cœur aussi frais, aussi rouge. Elle hésite au dernier moment, elle ouvre les mains un peu trop vite, le cœur tombe aux pieds du mari qui ne fait aucun geste pour le retenir. En touchant le sol, il éclate en trois morceaux. Elle aura donc trois enfants. Elle ira leur donner le jour là-bas, derrière la montagne.

Ariane ramasse les trois éclats, les range n'importe comment dans sa poitrine. Elle remet sa robe bleu ciel. Assez vu, assez dansé. Elle s'en va sans un regard pour personne. Son mari restera pour toujours cet homme-là, pétrifié, les yeux ouverts jour et nuit comme si on lui avait brûlé les paupières, debout dans une salle remplie de dormeurs. Dehors l'aube se lève. Ariane marche d'un pas léger. Elle cueille des mûres en passant. Elle cherche un nom pour l'enfant qui viendra en premier. Elle pleure. Elle connaît maintenant le poids des larmes. Elle ne regrette pas de le connaître. Elle se dit que les anges, sans doute, l'ignorent. L'esprit rayonne, irradie, brûle — mais ne pleure pas. Les anges qui sont de purs esprits ont moins de chance que nous. Voilà ce qu'elle se dit en essuyant ses doigts tachés de mûres sur sa robe bleu ciel. Elle avance vers le fond du paysage. Elle commence à gravir la montagne. Elle monte et grimpe en pleurant, en riant.

Il y a des fous tellement fous que rien ne pourra jamais leur enlever des yeux la jolie fièvre d'amour. Qu'ils soient bénis. C'est grâce à eux que la terre est ronde et que l'aube chaque fois se lève, se lève, se lève.

Les doigts de pied en éventail, la tête appuyée sur trois coussins superposés, Ariane ronfle sur le canapé de monsieur Gomez. Elle a fait la première partie de son travail. Elle se repose avant d'entamer la deuxième partie. Son travail, c'est le ménage. Faire chanter les vitres de la maison de monsieur Gomez. Rajeunir les couleurs des meubles de monsieur Gomez. Laver puis repasser les chemises de monsieur Gomez. Tout cela vient d'être fait et bien fait. En fin d'après-midi, vers six heures, monsieur Gomez rentrera du bureau. Il travaille dans la finance, dans la plus grande banque de la ville, au-delà de la montagne. Monsieur Gomez est triste. Monsieur Gomez a toujours été triste. Il a eu, quand il était enfant puis quand il est devenu adulte, des raisons pour être triste. Comme tout le monde, n'est-ce pas? Il était triste bien avant ces raisons : monsieur Gomez est né triste. La tristesse est sa première profession, sa fidèle épouse, sa maman, sa mémoire et son but. Lutter avec cette tristesse, telle est la deuxième partie du travail d'Ariane. De cette lutte, elle sort toujours victorieuse. Un rire, une chanson, une histoire — et les yeux de monsieur Gomez pour quelques instants s'éclairent. Quand il arrive, Ariane lui raconte ses pensées de la journée. Elle en a de toutes sortes, des pensées. Ariane parle et monsieur Gomez rit. C'est aussi simple que ça. Ariane est drôle même quand elle dit la vérité qui n'est pas toujours drôle.

Monsieur Gomez est content de sa femme de ménage. Il l'a recommandée à d'autres propriétaires de la ville, au-delà de la montagne. Ariane a trois employeurs. Ils ont tous un plomb dans l'âme, une lourdeur dans le regard. Monsieur Gomez, c'est la tristesse. Madame Carl, c'est l'orgueil. Monsieur Lucien, c'est la jalousie. Quand ils entendent parler Ariane, ils oublient d'être tristes, orgueilleux, jaloux. Il y a ainsi des gens qui vous délivrent de vous-même — aussi naturellement que peut le faire la vue d'un cerisier en fleur ou d'un chaton jouant à attraper sa queue. Ces gens, leur vrai travail, c'est leur présence. L'autre travail, ils le font pour les apparences, parce qu'il faut bien faire quelque chose et que personne ne va vous payer simplement pour votre présence, pour les quelques bêtises que vous dites en passant, ou pour la chanson que vous fredonnez.

Ce sont pourtant ces bêtises et ces bouts de chanson que monsieur Gomez paie à Ariane, même s'il ne le sait pas. Pour l'instant, il ne lui donnerait pas un sou : elle ronfle, magnifique, sur le canapé en cuir. Elle rêve au premier enfant qui lui viendra. Dans ce rêve, par ce rêve, il commence à venir. Une petite bulle apparaît dans son ventre. Une petite bulle, une petite bille, une petite balle. Comment l'appeler, cette petite bulle, cette petite bille, cette petite balle ? Ariane cherche un prénom dans une maison qui n'est pas la sienne, nettoyée, propre, claire, aérée. Elle ronfle puis elle ne ronfle plus : elle vole au-dessus du canapé, toujours endormie. Elle flotte au-dessus de la télévision, elle va à l'horizontale vers le dernier rayon de la bibliothèque, le plus près du plafond. Les yeux clos, elle prend un livre au hasard. C'est un livre écrit par un poète du début du vingtième siècle. Il y est question d'alcool et de mélancolie. Le poète s'appelle Apollinaire. Le premier enfant d'Ariane portera le même prénom que lui : Guillaume.

La porte d'entrée vient de s'ouvrir. Ariane redescend sur le canapé. Monsieur Gomez entre dans le salon. Il découvre sa femme de ménage assoupie. Il l'entend ronfler. Il rit. Il y a des gens, que voulez-vous, quoi qu'ils fassent, cela vous met du rouge au cœur, du clair aux lèvres.

Ariane ne sait pas qu'elle vole. Elle ne sait pas non plus qu'elle ronfle. Il faudrait qu'il y ait un homme dans sa maison pour lui apprendre ce qu'elle fait dans son sommeil. Dans sa maison, il y a des plantes, des revues, un chat, un canari — mais pas d'homme. C'est difficile à trouver, un homme. Même dans ses rêves elle n'en voit pas. Si elle ronfle beaucoup, elle ne s'envole qu'en cas d'urgence, pour résoudre un problème ou permettre à un rêve de se poursuivre. Elle ne vole jamais très loin. De la chambre à la cuisine et de la cuisine à la chambre. En été, si une fenêtre est restée ouverte, elle peut planer, endormie, autour du laurier rose ou du tilleul dans le jardin, juste pour en sentir le parfum, quelques secondes. Personne ne l'a surprise. Sa maison est à l'écart de la grande ville. Elle n'a pas de voisin proche.

Quand elle ne dort pas, Ariane aime s'asseoir sur le rebord d'une fenêtre, un verre de sirop de menthe à la main. Elle contemple la montagne au loin. Ou bien elle s'installe sur une chaise longue dans le jardin, près des tomates naines, et elle lit une revue sur la vie privée des stars. Elle feuillette plus qu'elle ne lit. Lire n'est pas son affaire. Dans la maison de monsieur Lucien, le jaloux, il y a beaucoup de livres. Un vrai nid à poussière. Il faudra qu'elle les nettoie un jour, un par un. Elle a dit à monsieur Lucien : « Monsieur Lucien, je vais laver vos livres page par

page, avec un chiffon spécial. Je vais les débarrasser de tous ces mots qui les encombrent. »
Monsieur Lucien pour une fois n'a pas ri. Pourtant il n'est pas bête, monsieur Lucien. Il sait bien qu'un tel chiffon n'existe pas. Les livres, pour les effacer, il suffit de ne jamais les ouvrir. Les gens, c'est pareil : pour les effacer, il suffit de ne jamais leur parler. Guillaume existera, c'est sûr : Ariane lui parle sans arrêt. En marchant, en mangeant, en repassant les culottes de monsieur Gomez et en essuyant les soldats de plomb de monsieur Lucien — une armée de soldats de l'Empire, sous vitrine. Collectionneur et jaloux, c'est la même chose, la même hantise de perdre une pièce. Est-ce qu'il sera jaloux, Guillaume ? Oui, s'il le veut. Il sera comme il voudra, Guillaume. Pour l'heure il est au chaud dans le ventre d'Ariane, un ventre parfois lourd, parfois aérien. Ariane regarde la montagne. Rien ne ressemble plus à un père qu'une montagne. Quand Guillaume aura cinq ans, Ariane l'emmènera voir son père, là-bas, au loin. Mais on a tout le temps.

Il y a une maison où Ariane dort très peu. C'est celle de madame Carl. Madame Carl dirige un musée. Un gros machin moderne. Béton, vitres larges, plantes vertes. Madame Carl puise dans les réserves du musée pour meubler sa maison. Statues d'art africain, peintures contemporaines. Tout ce qu'on touche dans cette maison sort de la main d'un artiste. Même quand on s'assoit dans un fauteuil, on pose ses fesses sur une œuvre unique. Du coup on reste debout. Tout est si harmonieux, on se sent de trop. Ariane essuie le nez ou le sexe des statues, quand elles ont un nez ou un sexe. Elle parle volontiers à deux masques Dogons. Ils ne lui répondent pas, il ne faut pas exagérer, ce ne sont jamais que des bouts de bois.

Madame Carl, monsieur Gomez et monsieur Lucien se fréquentent. Le mercredi soir, ils prennent l'apéritif ensemble, chez l'un ou chez l'autre. Ariane est invitée. Elle raconte des histoires qui les font rire aux larmes. Ce sont les mêmes histoires qu'elle invente pour Guillaume en boule dans son ventre. Pas tout à fait les mêmes. Celles pour les adultes sont édulcorées, affadies. Les vivants sont un peu durs d'oreille. Ils sont souvent remplis de bruit. Il n'y a que les morts et ceux qui vont naître qui peuvent absolument tout entendre. Pour les morts et pour Guillaume à venir, Ariane raconte de belles histoires, le soir, auprès du laurier rose. Guillaume pousse à travers tout ça — silences, paroles, envols et ronflements. Il pousse très bien. Les heures filent, la vie plane, le ciel s'amuse. Guillaume le sage écoute dans le noir les battements du cœur de sa mère folle.

Allongé sur la table de la cuisine, Rembrandt lit un livre de Thérèse d'Avila. Cela fait des semaines qu'il a commencé cette lecture. Il va lentement, il n'en est qu'à la page dix-huit. L'écriture de la sainte brille comme un bois de bouleaux sous la neige. Rembrandt peut rester en arrêt devant une phrase, plusieurs jours de suite. Il en fait son miel et ses délices. Il s'en lèche les babines.

Ariane arrive du fond du jardin. Elle a une grosse veine qui gonfle à sa tempe gauche, comme chaque fois qu'elle est en colère. Elle s'assied en face de Rembrandt, s'empare du livre, regarde le nom sur la couverture, hausse les épaules, repose le livre, se tait encore quelques secondes. Rembrandt plisse les yeux, soupire. Van Gogh s'est plaint, je vais avoir droit à un cours de morale. Le cours commence : Je sais, mon vieux Rembrandt, qu'il est dans ta nature de manger des oiseaux. Je

23

respecte ta nature et je suis même heureuse que tu l'aies gardée. Je tiens quand même à te rappeler qu'il est hors de question de croquer le canari. La raison en est simple. Elle est métaphysique. C'est monsieur Lucien qui m'a appris ce que voulait dire « métaphysique ». Cela veut dire au-delà de la physique. Plus loin que le visible, si tu veux. L'amour, quoi. J'aime ce canarı, et parce que je l'aime, il a un nom rien qu'à lui que je lui ai donné. Ce n'est pas n'importe quel canari. C'est monsieur Van Gogh. Tu peux bien rôder autour de sa cage toute la journée, je t'interdis de le manger. Les noms et ceux qui sont dessous ne sont pas comestibles. C'est vrai aussi pour toi. Tu n'es pas n'importe quel chat. Tu es monsieur Rembrandt. Tu l'es jusqu'à la fin des temps. Même quand vous ne serez plus, je garderai vos noms en moi et je continuerai à les entendre chanter. Vous êtes deux petites éternités — une à poils et l'autre à plumes. Si Van Gogh meurt un jour, ce ne sera que de vieillesse. Compris ? Tiens, je te rends ton livre. Tu as l'air de l'apprécier, cette Thérèse. Tu aimerais qu'on la mange ?

Guillaume en boule dans le ventre d'Ariane entend ces paroles et bien d'autres. Il a déjà tout ce qu'il faut, Guillaume. Oreilles, pieds, mains, pensée, humour. Essentiel, l'humour. Dieu, qui a créé le monde, a pris du plaisir à cette création. Ce qui donne du plaisir, on a envie de le refaire. Encore et encore. Dieu n'échappe pas à cette règle. Dès qu'une femme rêve d'un enfant, Dieu crée un monde miniature à l'intérieur de son ventre — forêts, océans, étoiles, et un bébé au centre, en plein milieu, car à tout spectacle, il faut un spectateur. À l'instant de quitter sa création, à la dernière seconde, Dieu jette une étincelle d'humour dans les yeux du Bouddha baignant dans le liquide amniotique. L'enfant doté d'humour est arrivé à terme, il peut enfin venir au jour. De ce point de vue, il faut se rendre à l'évidence : une grande partie de l'humanité est née avant terme.

Depuis quelque temps, Ariane parle à tout le monde, même aux tomates naines du jardin. Personne ne lui répond, ce qui ne la décourage pas. Elle chante plus qu'elle ne parle. Elle pépie plus qu'elle ne chante. Elle remercie, voilà le mot juste : elle remercie tout ce qui existe. Et pourquoi ? Simplement parce que ça existe. L'enfant qu'elle porte la rend ivre, légère, radieuse. Bénissante.

C'est un jour sans ménage. Ariane boit un thé en regardant la montagne. Rembrandt tourne autour de Van Gogh qui lui-même tourne autour d'un rayon de soleil. Ariane finit son thé, rince sa tasse, sort acheter du pain sur la place. Les forains sont là depuis deux jours, elle ne s'en était pas aperçue. En revenant de la boulangerie, elle s'assied sur un banc, regarde ceux dont le métier est d'amuser les autres. La dame du manège pour petits a l'air sombre, comme s'il pleuvait dans sa guérite. Toutes les trois minutes, elle sort de son abri et fait valser au-dessus des enfants rieurs un ballon de plage auquel est accroché un pompon — des cheveux de sorcière en laine rouge. Les petites mains se tendent. Si on attrape les cheveux de la sorcière, on a droit, quel délice, à un tour gratuit. La joie des enfants n'attendrit pas la dame du manège, n'enlève pas une ride à son visage. Elle n'est pas là pour s'amuser. Elle travaille. On ne dira jamais assez de mal du travail.

Ariane se relève, achète une pomme d'amour, une vraie pomme rouge, nappée de caramel. Dans deux ou trois ans, j'emmènerai Guillaume sur la place. Je lui offrirai un tour de manège. Non, dix. Je suis curieuse de voir ce qu'il préférera — l'hélicoptère, la moto ou le cochon qui monte et descend. J'ai failli me casser une dent en croquant cette pomme. Tu entends, Guillaume, les bruits de la fête ? Je vais rester un peu, je crois. J'ai tout mon temps. Viens, on va faire du train fantôme.

Ariane, ronde comme une pomme d'amour, achète un billet et monte dans un wagon. Le forain et des mères de famille la regardent, réprobateurs. Le train démarre. Les portes s'ouvrent puis se referment, on file dans le noir, des assassins tendent vers vous des mains crochues, des araignées géantes caressent vos cheveux, on traverse des horreurs en riant, voilà la sortie, la lumière rassurante du plein jour, le train freine, s'arrête, Ariane ne descend pas. Guillaume a commencé à naître. Attroupements, émois, morale. Madame, quand on est enceinte, on ne fait pas de telles choses, c'est irresponsable. Ariane, souriante — car Guillaume vient sans effort, glisse de son ventre comme une savonnette entre deux mains humides : pas d'accord. Une fête est un très beau lieu pour donner le jour. Un médecin appelé par le forain arrive, trop tard : Guillaume est là, apparu en même temps que sa mère prononçait le mot de « jour ». Il pleure au fond du wagon. L'air qui rentre pour la première fois dans ses poumons les brûle. Question d'habitude. Tout va bien. Tout va presque bien : il n'est pas tout à fait là. Et pour cause : il n'est pas il. Il, c'est elle. Ariane éclate de rire. Comme elle est drôle, la vie. Comme elle s'arrange pour nous surprendre. On attend un garçon et on accueille une fille. Dites-moi, qu'est-ce que ça change ? Rien. Absolument rien. C'est le même fou rire. La même fatigue soudaine et savoureuse. En regardant le minuscule visage dodu, en le regardant bien, Ariane découvre le vrai prénom, celui qui accompagnera ce visage dans ses métamorphoses : Manège.

Mais madame, un tel prénom n'existe pas.

Mais monsieur, il existera.

Manège avance lentement dans le jardin, assise sur Rembrandt. De temps en temps elle tire les oreilles du chat, pour qu'il aille plus vite. Si c'est pas malheureux. Lire les grands mystiques dans le texte — en espagnol, en latin, en grec, en hébreu — et servir de poney à une môme de quatre mois. Van Gogh, sur son trapèze, assiste de loin à cette scène et s'en régale.

Manège, quatre mois, fait un premier état des lieux : le monde a goût de lait et de lumière. Le monde rentre par la bouche et par les yeux. Parfois aussi le monde s'absente et c'est du noir qui le remplace. Manège garde ses yeux ouverts dans le noir. Elle attend. Elle a le don de l'attente, la science de l'attente. Elle devine que le noir n'a qu'un temps, que le noir n'est que du temps et, n'est-ce pas, le temps passe, le temps parfois s'ouvre sur quelque chose qui n'est pas lui, quelque chose qui est éternel ou, du moins calme (le temps n'est rien de calme), quelque chose de clair et de blanc : du lait et de la lumière.

Alors Ariane, votre bébé ne vous empêche pas de dormir ? Si vous êtes fatiguée, ne venez plus faire le ménage pendant quelques mois, je vous paierai quand même. Non, monsieur Gomez. Pas du tout, monsieur Gomez. J'en suis même étonnée. J'ai pourtant lu beaucoup de livres sur ce sujet — Régine Pernoud, Françoise Dolto. J'ai aussi regardé les jeunes mères dans les jardins publics. Je sais lire entre les lignes et je peux entendre ce qu'on ne dit pas : j'étais sûre que les bébés étaient des monstres. Aucune mère, bien sûr, n'osera parler ainsi. Mais je lisais, je voyais et j'anticipais : des cris toutes les trois heures. Mes nuits rongées, détruites, en miettes. Je m'attendais à ça avec Guillaume — je veux dire : avec Manège. Je ne trouve rien de tel. Mes nuits sont même plus douces qu'avant. À croire que cette petite me garde et veille sur mon sommeil.

Monsieur Gomez sourit. Monsieur Gomez se sert un deuxième porto. Monsieur Gomez a de la nostalgie. Il aurait bien aimé être le bébé d'Ariane. Monsieur Gomez divague. Monsieur Gomez remonte aux sources de sa tristesse : il n'a pas connu sa mère. Elle a accouché, comme on dit : « sous X ». Monsieur Gomez est né sous X. X est la maman de monsieur Gomez. Monsieur

29

Gomez a dans le cœur une équation dont il ne trouve pas la valeur : X, c'est sa mère. Y, c'est son père. Que donne X ajouté à Y ? Cela donne monsieur Gomez, un spécialiste de la finance, des prévisions et des bilans. Tous les calculs lui sont familiers — hors cette équation lamentable, digne de lamentation, et la vie de monsieur Gomez — sauf quand il écoute Ariane — n'est qu'une longue lamentation : X plus Y donnent : personne.

Monsieur Gomez oublie un instant ses équations, celles du bureau et celle de sa naissance. Il tapote le menton boudiné de Manège qui le regarde avec ses yeux tout ronds. Nuit et jour, Manège regarde. Ariane mettra plusieurs mois avant de s'en apercevoir : Manège ne ferme jamais les yeux. Jamais ? Jamais.

La première fois que Manège voit sa mère s'envoler, elle a neuf mois. Elle fait connaissance avec les tomates naines pendant qu'Ariane lit un journal, sur le banc devant la fenêtre. Elle est dans la jungle, Manège. Elle est plus petite que les piquets de tomate ou les rames de haricots. Elle ne craint rien de la jungle. Il y a dans le monde des choses qui piquent, qui coupent et qui pincent. Rien qui puisse faire peur à deux yeux perpétuellement ouverts, jour et nuit. Elle avance dans la jungle, suivie par Rembrandt docile, résigné. Elle mâche un brin de persil, avale une coccinelle. Une heure passe. Une heure pour un bébé, c'est comme dix ans pour un adulte. À peu près. Manège s'est frottée à des ronces qui poussaient au fond du jardin, près du mur. Les ronces, ça fait un petit peu mal et ça vexe beaucoup. Vexée, Manège fait demi-tour. Elle revient vers la maison et découvre Ariane endormie, flottant au-dessus du toit. Elle en déduit aussitôt quelque chose sur les mères en général. Je m'appelle Manège, j'ai neuf mois et je pense quelque chose que je ne sais pas encore dire. Entrez dans ma tête. Mon cerveau est plié en huit comme une nappe de coton. En huit ou en seize. Dépliez la nappe, voilà ma pensée de neuf mois : d'une part, les coccinelles n'ont pas bon goût. D'autre part, les ronces brûlent. Enfin, les mères volent. Bref, rien que d'ordinaire. Il n'y a que du naturel dans ce monde. Ou si vous voulez, et c'est pareil · il n'y a que des miracles dans ce monde.

C'est étrange, Ariane, cette petite fille qui ne ferme jamais les yeux. Je veux bien qu'elle soit en pleine forme, mais votre insouciance m'inquiète. Vous devriez consulter un médecin. J'en connais un très bien. Je joue au tennis avec lui, le lundi. Allez le voir de ma part. Il s'appelle Morandouce — oui, je sais, il y a des noms qui ne conviennent pas aux gens qui les portent, ou qui leur conviennent trop.

Monsieur Lucien s'est enfin décidé à parler à Ariane. Le sort de Manège ne le trouble pas particulièrement, mais depuis quelques jours l'enfant sème un beau désordre dans sa collection de soldats de plomb. Ariane l'écoute, amusée. Au fond, tous les enfants sont comme le sien : leurs yeux grands ouverts sur la vie incroyable. Il est très difficile de soutenir le regard fixe d'un tout-petit — c'est comme si Dieu était en face de vous et vous dévisageait sans pudeur, en prenant tout son temps, un peu étonné de vous voir là. Manège exagère, c'est tout. Elle regarde le monde avec un peu plus d'attention que les autres enfants. C'est entendu, monsieur Lucien : j'irai voir votre médecin, même s'il n'y a pas vraiment de quoi s'inquiéter : elle grandit bien, ma petite. Elle tripote vos soldats de plomb comme n'importe quel enfant au monde le ferait. Le plomb, c'est solide, non ? Plus solide que les fétiches africains de madame Carl : Manège, hier, a cassé le sexe d'une statue en bois. Madame Carl ne s'en est pas encore aperçue et je voulais vous demander, monsieur Lucien : est-ce que vous auriez une colle assez forte pour que je redonne à cette statue ce minuscule bout de bois qui fait tout son charme ?

Il y a deux sortes de personnes autour des enfants. Il y a celles qui s'occupent d'eux et celles qui ne les supportent pas. Parfois ce sont les mêmes personnes. Morandouce, pédiatre, a horreur des enfants. Il a encore plus horreur des mères et de leur manière affolée de bâtir autour des enfants une muraille quasi infranchissable, même par un pédiatre qui a fait huit ans d'études et sait quand même comme ça fonctionne, un gosse. Ariane passe la porte de Morandouce. Elle n'a pas dit un mot qu'elle a déjà fait fondre en lui tout agacement. Ariane n'est pas une mère comme les autres. Elle n'élève pas de muraille. Manège regarde le pédiatre droit dans les yeux et pour la première fois de sa vie elle parle : « Morandouce, voiture, boum. » Trois mots qui ravissent Ariane et font sourire le médecin. Ravis, souriants, ils n'ont rien entendu, rien compris : le lendemain après-midi, Morandouce meurt dans un accident de voiture. Morandouce, voiture, boum. Un hasard. Mettons que ce soit un hasard.

« Gomez, maman, venir. » Telle est la deuxième parole de Manège. Une parole anodine. Monsieur Gomez y répond gentiment, comme il convient : Mais oui, ma petite. Ta maman va revenir. Je l'ai envoyée faire des courses, elle n'en a pas pour longtemps. Tiens, écoute la sonnette de la porte d'entrée. C'est elle. Et ce n'est pas elle : c'est une grosse dame avec un châle autour de la tête, une robe longue qui touche le sol, des petits doigts boudinés et, au bout des doigts tremblants, une photo : un bébé maigre, allongé nu sur une peau de bête. Monsieur Gomez regarde la photo. C'est à la tristesse dans les yeux du bébé qu'il reconnaît son portrait. Il lève la tête, regarde la grosse dame qui n'a encore rien dit, qui tremble de peur d'être chassée. Dans les yeux de la grosse dame, il découvre la même tristesse que dans les yeux du bébé. Une étincelle grise, une étoile oubliée. La grosse dame parle. Elle dit des choses épouvantables avec un accent gai. Elle raconte comment elle a dû abandonner monsieur Gomez à sa naissance et comment, trente-deux ans après, elle a retrouvé son adresse. Et maintenant plus personne ne dit rien. Manège regarde les deux adultes. La mère qui craint que son fils la rejette. Le fils qui voudrait faire tellement de bien à cette grosse dame qu'il en demeure paralysé, ne l'invitant même pas à entrer dans la maison. Décidément il faut tout faire. Manège prend la main de l'une et la met dans la main de l'autre, et c'est comme si elle avait rapproché les deux parties d'un fil accidentellement coupé depuis trente-deux ans : l'électricité revient, les mots grésillent. Larmes et rires et baisers. Le cœur est une petite maison, même pas une maison, une niche, même pas une niche, un abri pour les moineaux. Le cœur n'a qu'une contenance réduite. Une joie qui bat des ailes le remplit tout. Il n'y a plus de place pour autre chose. Ce n'est qu'au bout d'une semaine — sa maman s'est installée chez lui et il prend soin d'elle comme d'une petite fille — que monsieur Gomez se rappelle la parole de Manège et s'en effraie : « Gomez, maman, venir. »

Une adolescente de plâtre bleu. Une fée haute de cinquante-trois centimètres. Une gardienne du silence et des heures. Bref, une statue comme on en trouve dans les églises de ce pays. Un moulage, une copie, surtout pas une œuvre d'art : madame Carl n'en voudrait pas chez elle. Beaucoup plus qu'une œuvre d'art : un rappel, un signe. Et même, osons le mot : une présence. Oui, une présence, là, dans le fond de l'église, à gauche du maître-autel. Un brin de femme en bleu avec une robe écaillée. Elle a vu Ariane entrer d'un pas nerveux, se diriger vers elle, s'agenouiller. Elle a ouvert ses oreilles de plâtre bleu et vidé son cœur de lilas blanc pour entendre ce qui allait suivre, pour l'entendre au plus près, au plus juste, au plus fin. À peine si elle a soupiré avant qu'Ariane commence à parler. C'est fatigant de veiller sur le monde.

Sainte Marie, mère de Dieu, j'ai un service à vous demander. Trois fois rien. C'est pas pour moi, c'est pour ma fille, Manège. Entre mères, on peut se comprendre. Surtout vous. Avec votre garçon, vous en avez vu de toutes sortes. Je ne dis pas que ma petite est aussi extraordinaire que votre fils. Je le pense mais je ne le dis pas. Comme vous le savez, puisque vous savez tout, Manège ne ferme jamais les yeux. Je m'y suis faite. Mais voilà maintenant qu'elle dit l'avenir. Elle le dit vraiment. Ce qu'elle annonce arrive bel et bien, comme si l'avenir était une porte au bout d'un couloir et qu'elle avait des bras assez longs pour la pousser, cette porte, et dire avec sa voix d'enfant ce qu'il y a derrière. J'ignore d'où ça lui vient. Toutes les mères veulent un enfant exceptionnel, sainte Marie. Mais à ce point-là, je m'étonne, je m'inquiète, je me demande où on va. Vous avez vécu en Palestine, il y a longtemps. Avant la sécurité sociale, la télévision et les programmes de l'Éducation nationale. Je ne sais pas si vous vous rendez compte. Le monde a changé. Il n'a pas changé dans le fond mais en surface — et c'est bien en surface que nous allons dans le monde. Dans le fond, personne n'y va, c'est trop horrible, infréquentable. Votre garçon marchait sur les eaux et guérissait les aveugles. Pour moins que ça, aujourd'hui, c'est l'hôpital psychiatrique. Je ne veux pas que ma fille devienne un gibier d'hôpital. Pardonnez ma colère, mais c'est que je ne sais plus comment faire. Je vous le redis : tout a changé. En surtace. Vous, au moins, vous avez élevé votre fils tranquillement. C'est à trente ans qu'il commence à se faire remarquer. Manège a cinq ans et déjà on me parle d'elle en me faisant des reproches — ou en me parlant de pédagogie, ce qui revient au même. Qu'elle ne ferme jamais les yeux, ça, les gens s'en fichent. Mais qu'elle leur annonce ce qui les attend, là, ils s'effraient. Madame Carl ne veut plus de moi comme femme de ménage. Je vous résume son propos : « Les petites filles de cinq ans doivent être des anges, pas des sorcières. Votre Manège, je ne veux plus l'entendre. C'est bien joli de dire l'avenir — mais l'avenir de l'avenir, c'est la mort, et moi je n'ai pas envie qu'on me l'annonce, ça viendra bien assez tôt. Désolée, Ariane, mais puisque vous continuez à emmener votre petite, je préfère me passer de vos services. » Voilà ce qu'elle m'a dit, madame Carl. Mes revenus ont diminué d'un tiers, d'un seul coup. Et ce n'est pas tout. J'ai placé Manège dans une petite école. Au bout de quelques jours, tous les enfants ont fait comme elle, plus un ne voulait dormir pendant la sieste. Elle a prédit l'avenir aux dames qui s'occupaient d'elle. Au début, ça fait rire, ensuite ça fait peur. Je ne peux pas faire comme vous, Marie bleue. Je ne peux pas rester à la maison, loin de tout. Quand bien même je le voudrais, c'est impossible. Rien de tel qu'un enfant pour vous mettre dans le bain du monde. Les papiers à remplir, les fêtes à l'école, les anniversaires avec les copains — je me trouve décalée partout. Je ne viens pas si souvent vers vous. C'est même la première fois que je vous demande quelque chose. Je suis franche — autant l'être, puisque vous voyez tout : je ne fréquente guère vos églises. Un peu l'été, à l'étranger, pour la fraîcheur. Pour les peintures et les bougies. Je vous aime bien. Sur les images vous êtes craquante. On comprend que Dieu soit tombé sous le charme. Vous aviez quoi, à l'époque, dix-sept ans, dix-huit à tout casser. Vous n'étiez même pas maquillée, vous portiez une robe sans merveille, dans votre milieu on n'avait pas de sous pour acheter des vêtements somptueux. Vous vous promeniez dans la rue sans penser à rien et hop, un ange qui se retourne sur vous, Dieu qui vous siffle au passage, ce n'est pas son habitude, enfin ce n'est pas comme ça qu'on l'imagine, vous deviez être rudement sexy, bref, je vous aime, je pourrais même dire que je vous adore, alors faites un geste, prenez pitié : si Manège tient ses dons de vous ou de votre fils, atténuez un peu les choses, rendez tout ça plus discret. J'aimerais que ma fille ait une vie plus tranquille. Vous m'entendez? Vous m'entendez? Vous m'entendez?

Aujourd'hui c'est dimanche. Madame Carl papillonne dans sa maison plus belle qu'un musée. Elle a une conversation mondaine avec un jeune artiste. Elle aime bien les jeunes artistes, madame Carl. Elle aime tout ce qui est jeune et qui a besoin d'elle. Aujourd'hui c'est dimanche. Monsieur Gomez et sa mère iront à la messe, puis monsieur Gomez achètera deux gâteaux à la crème. Puisque tu n'as pu me nourrir quand j'étais petit et que la roue du temps a tourné, c'est à moi de prendre soin de toi. Monsieur Gomez est persuadé que sa mère adore les choux à la crème. En vérité elle les déteste et n'a jamais osé le lui dire. C'est à ce genre de détails que l'on reconnaît un couple solide. Le dimanche est le jour le plus heureux de la semaine pour monsieur Lucien : sa femme reste à la maison. Personne ne vient les voir — ou alors des voisines, et la jalousie de monsieur Lucien ne s'étend pas aux voisines. Comme on ne peut empêcher le dimanche d'être la veille d'un lundi, monsieur Lucien, en regardant sa femme, se sent le cœur serré. Demain soir elle reprend son travail. La femme de monsieur Lucien est serveuse dans un bar. Monsieur Lucien s'est plusieurs fois demandé s'il existait des professions plus dangereuses — du point de vue marital. Après longue réflexion, non. Du lundi soir au samedi soir, monsieur Lucien est donc en enfer. Et il s'y fait. Aujourd'hui c'est dimanche. Manège va bientôt avoir six ans. Ariane a rempli un sac de nourriture et de boissons. La mère et l'enfant sont parties à l'aube en direction de la montagne. C'est l'automne. L'automne est une saison tranquille. De la tolérance partout. La vie et la mort en bonne entente, bras dessus, bras dessous. Du rouge avec de l'ombre, du vert avec du gris. Ariane et Manège traversent la plaine, entrent dans la forêt. Elles marchent en silence. Manège n'a pas demandé où on allait. Elle l'ignore. Elle peut prédire l'avenir pour les autres, pas pour elle-même. Ariane est plus grave que d'habitude. Elle porte une robe bleue, pas celle de son mariage : elle aurait bien voulu, mais elle a pris un peu de poids depuis ce jour-là. En haut de la montagne, il n'y a rien de plus ni de moins qu'en bas de la montagne. Nous nous déplaçons avec nous-mêmes, nous nous déplaçons en nous-mêmes. Le bout du monde et le fond du jardin contiennent la même quantité de merveilles.

Dans le haut de la montagne, Ariane sort les provisions du sac, tend une gourde à Manège. Elles mangent et boivent en silence. Maintenant Ariane montre les plaines de l'autre côté de la montagne : ton père est là, quelque part. Je voulais te montrer le chemin pour aller le voir, si tu en as envie, un jour. Je vais te parler de lui. En attendant, si tu le permets, je m'accorde une petite sieste.

Ariane appuie sa tête contre le tronc d'un résineux, ferme les yeux, s'endort aussitôt. Dans le sac il y a des jouets pour Manège. L'enfant les néglige. Des jouets, elle en voit partout : des champignons, une fourmi qui transporte une miette de pain, un terrier entre deux grosses racines, des pierres qui font comme des visages, sans parler des jouets de luxe : les nuages qui glissent sur le ciel pur, fabuleuses peluches en coton, souples, résistantes et pouvant indéfiniment changer de forme. À genoux sur un tapis d'aiguilles de pin, Manège encourage la fourmi qui revient de la boulangerie. Tu n'aurais pas dû prendre un pain aussi gros, fais-toi aider par une de tes sœurs. Quand on joue, le temps ne passe pas. Enfin il passe, oui, mais ailleurs que dans le cercle d'or du jeu. Manège ne sait pas depuis combien de temps elle joue, quand un ronflement lui fait lever la tête : sa mère plane au-dessus d'un sapin, le bleu de sa robe mélangé au bleu du ciel. Un corbeau s'est posé sur son ventre. Le corbeau regarde Manège en bas. Manège regarde le corbeau en haut. L'oiseau s'envole, Ariane redescend. Toucher terre la réveille. Elle parle. Elle raconte à Manège comment c'était avant Manège.

Tu vois la rivière qui coupe la plaine, tu vois le virage qu'elle prend derrière la petite maison, eh bien j'ai trouvé ton père dans ce virage. Il pêchait à la ligne. Je n'avais jamais vu un aussi bel homme. Il était seul et la solitude fait beaucoup pour la beauté. Mes parents avaient une ferme, pas loin. Je me cachais derrière un buisson et je regardais celui qui serait mon mari. Car j'ai tout de suite voulu l'épouser, dès la première vue. Il pêchait des poissons de toutes les couleurs. Il les prenait une seconde dans le creux de ses mains, et il les rejetait à l'eau. Il avait des mains larges et des doigts épais, très longs. Je rêvais de mon cœur frétillant dans ces mains-là. Et puis il était si beau à voir de profil, à travers les buissons remplis de chèvrefeuille. On s'est parlé, je l'ai fait rire, il a commencé à oublier la pêche. Pour le mariage, il ne savait pas trop si ça lui convenait. Il était indécis. Son indécision aurait pu durer un siècle. J'ai fait en sorte qu'elle ne dure pas. On s'est mariés et je l'ai quitté le soir du mariage. Tu as une maman très rapide, Manège. Voir l'avenir est un don plus répandu qu'on ne croit : toutes les amoureuses le possèdent. On sait toujours qui on épouse.

On sait — ou on sent, comme tu voudras — quelle sorte de vie on aura avec lui. Mais parfois l'amour est si fort qu'il n'y a rien à faire : on peut très bien aller, en toute conscience, vers son malheur. Le soir du mariage, j'ai su ce qui se passerait dans les années à venir, j'ai compris que je me trouverais dans cette vie-là comme un poisson hors de l'eau. Ce n'était pas la faute de ton père. Il n'y a pas de faute dans ces histoires. Il n'y a que des gens qui ne peuvent et ne pourront jamais tenir dans le même élément. L'air est bon pour le pêcheur, pas pour le poisson. Je ne sais ce qu'est devenu ton père. Je n'ai que du bien à te dire de lui. Je ne regrette pas ce mariage. Tu es venue d'une belle lumière, Manège. Tu es venue de l'eau verte, de la terre brune et de l'odeur du chèvrefeuille. Tu es venue d'un baiser au bord de la rivière. Voilà, je voulais te dire ça. Je t'en reparlerai un autre jour. J'ai un peu froid, je te propose de redescendre.

Manège n'a écouté sa mère qu'à demi, fascinée par le brillant de la rivière. Sur le chemin du retour, elle chantonne. Quand elle entre dans la maison, elle ne sait plus voir l'avenir. Il y a des pertes plus heureuses que des gains. C'est le passé qui l'intéresse désormais, ce point du passé qui ressemble à un baiser, à une étoile et à la fleur du chèvrefeuille. Sa mère a raison. Deviner ce qui va arriver n'est pas sorcier.

Deviner ce qui s'est passé, voilà qui est autrement plus difficile, bien plus passionnant.

Manège demande à sa mère des crayons de couleur et des feuilles blanches, beaucoup de feuilles blanches, le plus de feuilles blanches possible. Elle dessine les merveilles d'au-delà de la montagne. La plaine, le serpent de la rivière, les poissons précieux comme des diamants et le géant au bord de l'eau. Elle dessine, elle dessine, elle dessine.

Tout le monde est occupé. Tout le monde, partout, tout le temps, est occupé, et par une seule chose à la fois. Monsieur Lucien est envahi par sa femme. Monsieur Gomez est obsédé par sa mère. Madame Carl ne pense qu'à sa carrière. On ne peut pas faire deux choses à la fois. C'est dommage mais c'est comme ça. Dans la cervelle la plus folle comme dans la plus sage, si on prend le temps de les déplier, on trouvera dans le fond, bien caché, comme un noyau irradiant tout le reste, un seul souci, un seul prénom, une seule pensée. Dans le cerveau de Manège, dans sa tête, dans son cœur et sous ses paupières qui ne se ferment jamais, il y a désormais un pêcheur à la ligne. Elle le cherche dans la beauté du monde. Elle dessine cette beauté pour y trouver les traits de son père. L'histoire des petites filles avec leur père est une histoire insistante. Quant à l'histoire des petits garçons avec leur mère, c'est encore plus compliqué. C'est dommage, c'est navrant, c'est un peu étroit, c'est tout ce qu'on voudra, mais c'est comme ça. Tout le monde, partout, tout le temps, est occupé, et par une seule chose à la fois.

REMBRANDT : Je ne suis pas d'accord.

VAN GOGH : Tu n'es pas d'accord avec quoi?

REMBRANDT : Avec le titre de ce livre : *Tout le monde est occupé.* D'ailleurs, ce n'est pas un très bon titre. J'aurais préféré : *Ariane,* ou mieux encore : *Rembrandt.*

VAN GOGH : De quoi parles-tu?

REMBRANDT : D'un livre où il y a beaucoup de personnes très intéressantes — à part un canari.

VAN GOGH : Merci pour l'allusion. Je n'ai pas lu ce livre mais je suis d'accord avec cette phrase : « Tout le monde est occupé. »

REMBRANDT : Et on peut savoir à quoi tu es occupé présentement?

VAN GOGH : Je prends la lumière et je la transforme en chanson.

REMBRANDT : Je vois. C'est une occupation à plein temps. Je suppose que tu n'as pas une minute à toi.

Van Gogh : Je ne fais pas que chanter. J'écoute aussi la conversation du tilleul avec le vent. Le fou rire des feuilles dans la petite brise du soir est un bon remède contre la mélancolie.

Rembrandt : J'ai mieux à faire que d'écouter le bavardage d'un tilleul perclus de rhumatismes.

Van Gogh : Ah oui, j'oubliais : monsieur fait des études. Monsieur lit Thérèse Dalida.

Rembrandt : Je t'ai déjà dit qu'elle s'appelle d'Avila, pas Dalida. C'est une sainte, pas une chanteuse.

Van Gogh : Et qu'est-ce qu'elle te chante, ta sainte ?

Rembrandt : Elle parle de Dieu, de la bonté et de l'attente.

Van Gogh : Le vent et le tilleul s'entretiennent des mêmes choses, figure-toi.

Rembrandt · Je ne savais pas que le tilleul était si instruit.

Van Gogh : Qui te dit que Dieu est affaire d'instruction ?

Rembrandt : En tout cas, moi, je me cultive. Je ne perds pas mon temps à me balancer sur un trapèze, en chantant des airs de quatre sous.

Van Gogh : Oh mais je lis aussi, et peut-être plus que toi. Je trouve mes lectures dans la lumière du ciel. C'est le livre le plus profond qui soit — et ce n'est même pas moi qui en tourne les pages.

Rembrandt : Tu regardes, tu écoutes et tu chantes. Et c'est tout?

Van Gogh : Oui, c'est tout. Et toi tu cherches dans les livres ce qui ne s'y trouve pas. Tu vois bien : tout le monde est occupé.

Ariane est à nouveau amoureuse. Il n'y a pas d'occupation plus radicale. L'amour prend la pensée et la prend toute. L'amour est pour la pensée la fin des vacances. Tout ce qu'Ariane pense se rapporte à son nouvel amour. Elle en néglige Manège qui ne s'en plaint pas, qui n'a pas à s'en plaindre : l'éloignement momentané de sa mère est un bonheur pour l'enfant, la chance d'inventer quelque chose à soi, rien qu'à soi. Elle dessine, elle dessine, elle dessine.

Ariane est amoureuse d'un plombier. Non. Cette phrase est idiote : personne n'est un plombier, même un plombier. Personne n'est ce qu'il fait pour gagner sa vie. Je reprends : Ariane est amoureuse d'un homme qui est la gaieté même. Il répare les lavabos en chantant des airs du *Don Juan* de Mozart. Donneur de joie, voleur de cœurs. Il est un peu plus jeune qu'elle. Elle le rencontre la première fois chez monsieur

Lucien où elle continue de faire le ménage. Elle lui ouvre la porte et elle l'aime aussitôt. Il a vingt-cinq, vingt-six ans. Il a des cheveux blonds et une petite moustache. Ariane n'a jamais apprécié les moustaches, mais que voulez-vous, on ne choisit pas, l'amour est magicien : quelqu'un apparaît — vous en tombez amoureuse et vous disparaissez dans cet amour que vous sentez pour lui. Ce n'est pas un pêcheur à la ligne, c'est un plombier, ce n'est pas un plombier, c'est quelqu'un que vous regardez, et dans ce regard, vous êtes d'un seul coup unifiée, prise. Toutes les pensées d'Ariane qui couraient le monde, tous les éclats de son cœur qui voletaient ici ou là se rassemblent sur un seul visage, ce visage-là, un seul corps, ce corps-là. L'amour est une guerre et un repos, une science et un artisanat. L'amour est tout, et même rien avec le tout. Innocence et ruse, innocence avec ruse. Apparaître et disparaître.

Ariane a des soucis financiers. Elle ne fait plus le ménage chez madame Carl, et chez monsieur Gomez, depuis l'arrivée de sa mère, il n'y a plus un atome de poussière. Il faut manger, il faut des sous pour manger. Le plombier parle de l'entreprise où il est salarié. Ariane l'écoute un peu. Juste un peu. Difficile d'entendre qui on aime, tellement on l'aime. L'entreprise recherche une secrétaire. Il pourra bien y avoir dix mille candidatures, Ariane se présentera à ce poste et l'aura.

L'amour ne se refuse rien. Secrétaire, Ariane voit son amour plusieurs fois par jour. Il ne sait pas qu'il est son amour. Il n'a pas à le savoir. Cela ne le regarde pas. Il le sait ou le devine une fois, un jour, près de la photocopieuse où Ariane, une seule fois, un seul jour, l'embrasse sur les lèvres. Et aussitôt tombe enceinte. Car Ariane, chaque fois qu'elle aime, a un enfant, et chaque fois qu'elle a un enfant, elle retrouve le cœur — et non seulement le cœur : le visage et le corps — de ses dix-huit ans. Qui s'en plaindra ? Sûrement pas Manège. Elle vient d'avoir huit ans. Elle est ravie d'avoir une mère de dix-huit ans. Elle dessine son visage au fusain. Elle dessine, elle dessine, elle dessine.

Léopold. Léopold de Gramure, tel est le nom du plombier. Il est bègue, il a les cheveux blonds, il est mélomane et il aime le vin blanc et le saucisson à l'aïl dès huit heures du matin. Les enfants se font par les lèvres et par les yeux. Léopold de Gramure a fait un enfant à Ariane par les lèvres et par la belle étincelle de ses yeux couleur noisette.

Ariane jouit de ses dix-huit ans retrouvés. Vous avez un teint de pêche et vous sentez le pain d'épice : si je n'avais pas ma mère, dit monsieur Gomez, vous me feriez perdre la tête. Si je n'avais pas ma femme, dit monsieur Lucien, je vous ferais la cour. Ariane laisse dire. Chantez, chantez, beaux merles. Votre chant me comble. Il est doux à entendre. Je ne crois pas à ce que vous me dites, mais de grâce, dites-le-moi encore.

Être amoureuse en secret n'est pas longtemps satisfaisant. Ariane se confie à la mère de monsieur Gomez. Dans les deux heures qui suivent, tout le monde est au courant : Ariane attend un bébé d'un plombier qui a les cheveux blonds et qui boit du vin blanc. Les nouvelles sont comme les feuilles d'automne. Le vent qui les porte les malmène. Certains entendent parler d'un plombier qui boite et qui a des cheveux blancs. D'autres, d'un rentier aux neveux blonds. Ariane décide de mettre les choses au point. Elle rassemble ses amis pour une fête qu'elle vient d'inventer : la Sainte-Manège. Ils arrivent, les bras chargés de cadeaux pour l'enfant. Ariane vante les grâces de son amoureux à monsieur Lucien et à sa femme, à monsieur Gomez et à sa mère, ainsi qu'à quelques autres qui n'ont pas encore trouvé leur place dans cette histoire. On s'embrasse, on rit, on applaudit. On est comme une tribu. Inséparables. C'est toujours réjouissant d'apprendre qu'on a de la visite — un bébé, un plombier. Manège est satisfaite. Un plombier, ça lui va. Elle n'aurait pas supporté un pêcheur à la ligne. Elle écoute sa mère tout en ouvrant ses cadeaux — un chevalet, une gamme de pinceaux, un livre sur un peintre hollandais, Pieter de Hooch. Elle est gâtée. À propos, dit monsieur Lucien, devinez qui aimerait bien être des nôtres. Vous ne trouvez pas ? Madame Carl. Parfaitement. Elle a entendu parler des peintures de Manège. Madame Carl ne se fie pas à son goût pour juger des choses. Elle ne fait crédit qu'à la rumeur. Manège a envoyé un cahier de dessins à un grand peintre. Il lui a répondu aussitôt, l'a encouragée et lui a offert un dessin signé. Madame Carl n'est plus fâchée avec Manège. Il paraît d'ailleurs que la petite ne prédit plus l'avenir de personne. Madame Carl voudrait voir les travaux de Manège, comme ça, pour le plaisir, et elle aimerait aussi jeter un œil sur le dessin du grand peintre. La réponse d'Ariane est brève et claire : non. Une tribu, ce n'est pas n'importe quoi. C'est de la chaleur, du rire et du temps merveilleusement perdu. Un bébé ou un plombier qui chante les airs de Mozart y ont leur place. Pas une femme d'affaires qui collectionne les œuvres et les artistes qui vont avec.

Manège connaît sa mère comme si elle l'avait faite. Elle lui demande d'une petite voix : maman, est-ce que ton plombier est au courant, est-ce qu'il sait que tu l'aimes et que tu attends un enfant de lui ?

Ariane étouffe Manège dans ses bras en riant. Cette petite est peut-être un génie en peinture, l'avenir le dira, mais elle a incontestablement le don d'amour, ce don qui fait voir l'autre jusque dans ses ombres.

Elle connaît déjà la réponse, Manège. Maintenant Ariane la dit : non. Léopold n'est au courant de rien. Il serait peut-être temps de le lui annoncer.

Mamma mia, j'ai un problème. Pauvre, pauvre Léopold. C'est mon nom, Léopold. Vous pouvez m'appeler Gramure, Santa Maria. De Gramure. La particule, elle me plaît beaucoup, elle fait joli. C'est votre fils qui nous a appris que nous étions tous nobles, les plombiers comme les rois, et les plombiers peut-être plus que les rois. Non ? Mais je bavarde, sainte Marie. J'aime parler, j'aime rire, j'aime chanter du Mozart et boire du vin blanc. Mais quoi, le bonheur, c'est la vie — non ? Mon problème, je crois qu'il vient de là : j'ai plein d'amoureuses. Moi, je ne suis pas amoureux d'elles — mais elles, elles le sont. Pauvre, pauvre Léopold. Vous qui avez une vue plongeante sur les cœurs, vous savez bien comment ça marche, ce truc-là. Vous savez bien que ça marche tout seul. Non ? Notez, je veux bien reconnaître que j'y suis pour quelque chose. Mais comment être un autre ? Vous avez changé de caractère, vous ? Sûrement pas : telle vous étiez avec votre bambino, telle vous étiez devant la croix, et telle vous êtes aujourd'hui dans le fin fond de votre ciel : patiente, déchirée, aimante. Eh bien moi, c'est pareil. Pas plus que vous je ne peux changer de manières : je chante, je passe en chantant, j'aime bien appuyer mes paroles en posant parfois la main sur l'épaule de qui me fait face — et voilà : une amoureuse à chaque fois, et un bébé en prime. Que voulez-vous que j'y fasse ? Hier soir j'avais le cafard. J'ai allumé une bougie. La lumière des lampes électriques ne danse pas assez pour chasser le cafard. J'ai mis un papier sur la table, devant ma bougie, et j'ai écrit les prénoms. J'ai compté. Depuis l'âge de dix-huit ans, j'en ai maintenant vingt-six, j'ai suscité cinquante-quatre fois un état amoureux et je suis le père de cinquante-six enfants. Il y a eu des jumeaux. Et tout ça par les yeux et les lèvres, seulement par les yeux et les lèvres. Je ne peux quand même pas me taire et fermer les yeux chaque fois que je rencontre une femme. Mamma mia. Je suis heureux, j'aime qui je vois, qu'y puis-je ? Même vous, piccola Maria, je vous regarde dans vos yeux de plâtre et j'ai envie de vous chanter du Mozart. Vous êtes si belle, si bonne, si bleue. Dites-moi, maman Marie, bellissima ragazza, vous ne pourriez pas parler à Ariane ? Vous ne pourriez pas lui dire qu'aucun homme au monde ne pourrait s'occuper de cinquante-six bébés, bientôt cinquante-sept ? Franchement, Maria, vous voyez bien ce qui barbote au fond des âmes. Vous savez bien que ce sont les femmes toutes seules qui font des bébés, avec la seule folie de leur cœur. Vous êtes plutôt bien placée pour le savoir et pour le dire — non ? Allez, faites un effort. Et dites à Ariane que je ne me dérobe pas. Je veux bien prendre soin du bambino — mais à cinquante-sixième de mon temps, pas plus. Pardonnez-moi, petite Marie : vous êtes terribles, vous, les femmes. Terribles. Allez. J'y vais. J'ai du travail. Je ne sais plus comment on fait le signe de la croix, de quel côté on commence. Vous ne m'en voudrez pas si je me trompe. Je vous embrasse. Occupez-vous d'Ariane. Et ne me jugez pas.

Van Gogh : Alors, on attend un bébé ?

Rembrandt : « On » n'existe pas.

Van Gogh : Oh tu m'agaces, à toujours me donner des leçons de français.

Rembrandt : Que veux-tu, j'ai les oreilles sensibles. Et puis, « le but, c'est le chemin ».

Van Gogh : Et ça veut dire quoi, ça, monsieur le théologien à moustaches : « le but, c'est le chemin » ?

Rembrandt : Plein de choses — ça veut dire que ce que tu espères est sous tes yeux, ça veut dire qu'il n'y a qu'aujourd'hui et que « demain » n'est que le nom de ta paresse, ça veut dire aussi que tu devrais faire attention à ton langage : « on » n'attend pas un bébé, « on », c'est personne.

Van Gogh : Oh la la...

Rembrandt : C'est comme ça. Je ne suis pas un chat pour rien, j'ai une sensibilité absolue à tout ce que j'entends. Les mots sont comme les gens.

Leur manière de venir à nous en dit long sur leurs intentions.

VAN GOGH : Recule immédiatement. Tu sais qu'Ariane t'a interdit d'approcher à moins d'un mètre de ma cage. Alors, c'est pour quand, ce bébé?

REMBRANDT : C'est pour quand il voudra. Il faut reconnaître qu'il n'y a rien d'urgent, au contraire : tu as vu l'état du monde.

VAN GOGH : La ville est toujours à feu et à sang?

REMBRANDT : Oui mon joli, la ville est en rouge et or.

VAN GOGH : Et pourquoi ça?

REMBRANDT : Ta question est écœurante. Il faut, comme toi, jouir d'une vie de luxe pour s'étonner que les gens se révoltent pour un peu plus de pain et de justice. Tu es vraiment un oiseau gâté.

VAN GOGH : Tu m'énerves. Je n'ai pas du tout l'impression d'être gâté.

REMBRANDT : Justement. Quand on est gâté par la vie, on ne le sait pas. On finit même par penser qu'on le mérite, ou que c'est pour tout le monde comme ça.

VAN GOGH : Tu m'énerves, tu m'énerves, tu m'énerves. Au lieu de commenter, explique : c'est quoi, ce qui se passe? Une révolution?

REMBRANDT : Non. Une révolution, c'est plus secret. Quand elle a lieu, personne ne s'en aperçoit. Ce n'est que plusieurs dizaines d'années après que l'on comprend que là, oui, sur un tout petit détail, une révolution avait commencé. Aujourd'hui il s'agit d'une révolte : les pauvres que la ville maintenait à ses portes sont entrés dans son cœur. Ils y ont mis le feu. Les arbres et les voitures donnent de jolies flambées.

Van Gogh : Cela va durer ?

Rembrandt : Cela dure depuis exactement trois ans et sept mois. Plusieurs gouvernements sont tombés mais rien n'y fait, l'ordre n'est pas revenu — ce que les gens comme toi appellent l'ordre : un état confortable pour eux, et pour eux seuls.

Van Gogh : Je t'emmerde, si tu me permets cet écart de langage, je t'emmerde. Quand tu auras fini ton prêche, dis-moi comment se débrouillent nos amis dans cette tourmente.

Rembrandt : Il y a des hauts et il y a des bas. Léopold de Gramure est mort en chantant *La Truite* de Schubert sur une barricade. Il ne verra pas son enfant.

Van Gogh : Et monsieur Lucien ?

Rembrandt : Il a perdu sa femme.

Van Gogh : Elle est morte ?

Rembrandt : Pire que ça. Monsieur Lucien, sans aucun doute, préférerait qu'elle le soit. Il ferait d'ailleurs un très bon veuf. Un jaloux ne peut trouver la paix que dans la mort de ce qu'il aime : là, enfin, il est sûr de ce qu'il possède.

Van Gogh : Abrège, abrège. Où est-elle, madame Lucien ?

Rembrandt : Elle file le parfait amour avec un anarchiste qu'elle a rencontré dans les premiers jours de l'insurrection.

Van Gogh : Et monsieur Gomez ?

Rembrandt : Il a été licencié après avoir distribué dans sa banque un tract magnifiquement écrit, une lettre aux directeurs. Écoute : « Sombres crétins qui ne savez conjuguer que deux verbes — acheter et vendre —, il me faut faire un effort pour ne pas vous haïr. Vous qui décidez du sort du monde, vous par qui les pauvres sont jetés à la rue comme de l'eau sale, vous me faites horreur. Il me faut vous voir pour ce que vous êtes — des assassins — pour avoir enfin pitié de vous. »

Van Gogh : Pas mal. Un peu moralisateur et peut-être trop littéraire, mais pas mal. Et maintenant ?

Rembrandt : Maintenant monsieur Gomez a repris une épicerie de quartier avec sa mère. Ils font crédit, ils sont heureux.

Van Gogh : Madame Carl ?

Rembrandt : Elle a momentanément fermé les portes de son musée. Le dernier artiste qu'elle a invité a cru bon, pour affirmer sa solidarité avec le peuple, de brûler ses toiles en public. La moquette et les murs ont pris feu.

Van Gogh : Et Ariane ?

Rembrandt . Ariane s'est décidée à accoucher, ce matin ou ce soir au plus tard.

Van Gogh : Je ne savais pas que les femmes

pouvaient porter un enfant dans leur ventre aussi longtemps — combien déjà : trois ans et sept mois ?

REMBRANDT : « Les » femmes, peut-être pas. Mais Ariane, c'est pas pareil.

VAN GOGH : Le nom de l'enfant qui va naître dans tout ce vacarme ?

REMBRANDT : Tambour. C'est un nom qui s'impose.

VAN GOGH : Et la suite ?

REMBRANDT : La suite est prévisible. Tout va se calmer. Beaucoup de colère aura amené un tout petit peu plus de justice. La ville reprendra son allure ordinaire et la mémoire de l'insurrection brillera longtemps dans quelques yeux, comme le souvenir d'un pur amour. Les commentaires de toutes sortes recouvriront peu à peu le bruit de source de l'événement. C'est ainsi : les choses qui arrivent dans la vie basculent tôt ou tard dans les livres. Elles y trouvent leur mort et un dernier éclat.

VAN GOGH : C'est une parole bien mélancolique pour quelqu'un qui passe son temps dans les livres. À propos, tu sors toujours avec Thérèse Dalida ?

REMBRANDT : D'Avila — pas Dalida. Tu ne crois pas si bien dire dans ton ironie : oui, je « sors » avec elle. Elle m'emporte loin de moi et loin d'elle.

VAN GOGH : Où ça ?

REMBRANDT : Je ne sais pas. Ailleurs.

VAN GOGH : Tu peux m'expliquer la diffé-
rence entre « ailleurs » et « ici » ?

REMBRANDT : De toute façon tu ne compren-
drais pas. Un rayon de soleil suffit à ton bonheur.
Tu te contentes de peu.

VAN GOGH : Un rayon de soleil vaut tous les
livres du monde.

REMBRANDT : Pas sûr. Écoute ce qu'elle dit,
Thérèse. Je me rapproche pour te lire, tu enten-
dras mieux.

VAN GOGH : Arrête. Je vois tes moustaches en
gros plan. Tu es à moins d'un mètre. Je te
préviens, je vais hurler.

On ne peut pas vivre sans, de temps en temps, changer de place. Bouger, remuer, gigoter. La petite Marie, mère de Dieu, est comme tout le monde : parfois elle déserte. Elle sort de son église, fait quelques pas dans la rue, histoire de se dégourdir les jambes. Un beau brin de fille en plâtre bleu et blanc. Elle passe souvent devant la maison d'Ariane. Elle regarde Tambour par la fenêtre. Il grandit bien. Il a tout pour grandir bien : trois mères. La vraie, Ariane. La minuscule, Manège, et l'invisible, Marie.

C'est toujours la même histoire : vous donnez le jour à plusieurs enfants. Ils viennent bien de vous, de votre ventre et de vos songes. Et ils ne se ressemblent pas. Manège frôle le monde du bout des yeux. Elle ne prend rien, elle touche à peine. Elle dessine, elle dessine, elle dessine. Tambour, lui, ne se satisfait pas de voir. Il faut qu'il saisisse, qu'il malaxe et qu'il broie — qu'il défasse avant de refaire autrement. Il aime éventrer des réveils, examiner la télévision de l'autre côté de l'écran, là où personne ne regarde. Tirer des fils, enfoncer des clous. Taper, visser, modeler. Le monde est pour Manège une source inépuisable d'émerveillements. Il est, pour Tambour, une chose un peu douteuse qui ne demande qu'à être améliorée.

Les deux enfants inquiètent les professeurs qui demandent à rencontrer leur mère, viennent la voir à la maison et reviennent, amènent des cadeaux, s'installent sous le regard bienveillant de monsieur Lucien, de monsieur Gomez et de sa mère. Mademoiselle Rosée est professeur de dessin. Les peintures de Manège l'impressionnent. Son regard trop fixe la trouble. Monsieur Armand est instituteur. L'habileté de Tambour le stupéfie : c'est un autre moi-même. J'aurais voulu être ingénieur. Je vous dis cela, Ariane, parce que je ne dis jamais la vérité du premier coup. En fait, j'aurais voulu être savant, inventeur. Votre fils a réparé ma voiture l'autre jour. Il a trouvé pourquoi elle calait sans cesse au ralenti. Je commençais à dépenser une fortune chez les garagistes et votre fils a trouvé la solution en un quart d'heure. Je n'ai jamais vu un enfant de sept ans aussi doué. Ariane sourit, aux anges. Elle écouterait ce genre de paroles pendant des heures, sans se lasser. Elle a beau être exceptionnelle — qui ne l'est pas ? Elle n'échappe pas au sort commun des mères : dites-leur du bien de leurs enfants et elles vous jugeront remarquablement intelligent et objectif. Mademoiselle Rosée et monsieur Armand peuvent revenir à la maison quand ils voudront. Ils font désormais partie de la tribu. Surtout Mademoiselle Rosée, pense monsieur Lucien qui, depuis le départ de sa femme, s'est lancé dans la lecture des philosophes. C'est une lecture, certes, enrichissante — mais les *Méditations métaphysiques* de monsieur René Descartes apportent moins de clarté dans l'esprit que la vue d'une branche de lilas à la fenêtre, ou d'une jolie jeune femme à la maison, là, devant vous, assise dans un fauteuil, riante.

On peut mettre le nez dans le langage comme dans le moteur d'une voiture : Tambour adore les dictionnaires et les encyclopédies. Certains mots le font rire aux larmes sans que personne n'en sache la raison : taille-crayon, veau marin, bulbe, produit national brut. Le dernier en date : pique-nique. C'est Ariane qui vient de le prononcer. Le ciel de ce jour d'automne est sec, rincé, net, propre. Sans ombre. Un ciel aussi pur lui a donné l'idée d'un pique-nique sur la tombe de Léopold de Gramure. Il faut bien que cet enfant connaisse son père. Je lui en ai parlé souvent. Cheveux blonds, insouciance, Mozart et vin blanc. Il manque juste une petite chose, concrète : un coin de terre avec une plaque dessus. Allons-y tous ensemble. Allons-y gaiement. Les cimetières de ce pays sont sans imagination, trop sérieux. Les morts sont, paraît-il, de gros dormeurs. Allons les réveiller. Je prépare les œufs durs, le vin blanc, le jambon et les gobelets en plastique.

Manège découvre dans l'automne ses couleurs préférées : le rouge explosé des feuilles de vigne et le blanc dragée des pierres tombales. L'automne est la saison des tombes et des cartables. Les tombes sont les cartables des morts. On va au cimetière à pied, en sifflant et en bavardant. Aucune raison d'être triste. On va à la rencontre de quelqu'un qu'on a aimé et le soleil est de la partie.

Voilà une des maisons de ton père qui en avait beaucoup, dit Ariane à Tambour en lui montrant la tombe de Léopold de Gramure. Tambour se tait, lit les dates sur la plaque. Puis il relève la tête : « J'ai faim. » On s'assied sur la tombe de Léopold et sur les tombes voisines, on sort les couteaux et les fourchettes, on saucissonne en racontant à Tambour des histoires dont son père est le héros infatigable. Aujourd'hui, c'est un peu la fête de Tambour. Il a droit à un père merveilleux, fantaisiste, malin, élégant, drôle, gentil, intelligent, révolté par l'injustice, émoustillé par les jolies filles. Tout le monde a droit à un père comme ça.

Tambour écoute la légende de son père, racontée par ceux qui l'ont aimé. Il écoute les yeux fermés. Voir et entendre sont deux activités prenantes, peu compatibles. Les yeux clos, Tambour se réjouit de ce qu'il entend. Celui dont le corps — et seulement le corps — est là, a donné beaucoup de plaisir quand il était comme tout le monde, sur la terre et non dessous, à deux mètres de profondeur. Ce ne sont pas les histoires qui importent, mais le ton sur lequel elles sont racontées. La voix d'Ariane, celle de monsieur Gomez et de monsieur Lucien sont finement modulées, joueuses. Sur le fil de ces voix, Léopold de Gramure entame sa deuxième vie, continue son premier travail : donner de l'énergie, réjouir.

Ariane regarde ses petits. Tambour a les joues rougies par l'air bleu et le soleil jaune. Manège dessine les visages et les tombes. Elle dessine, elle dessine, elle dessine. Ce qu'elle voit l'instruit. Quelque chose dans ce cimetière lui rappelle cet écrivain de théâtre dont les professeurs lui ont parlé, comment s'appelle-t-il déjà ? il écrit comme on enfonce un couteau aiguisé dans une viande tendre, il arrête d'écrire sans qu'on sache vraiment pourquoi, un de ses personnages porte le même prénom que ma mère — ah oui, voilà : Racine. Manège voit — dans les gestes, dans une manière de s'asseoir, de pencher un visage, de croiser des jambes — une pièce inédite de

Racine : monsieur Lucien aime mademoiselle Rosée qui aime monsieur Gomez qui aime sa mère. Racine n'est pas plus compliqué qu'une comptine : A aime B qui aime C qui aime D qui aime A. Quelque chose du genre : marabout, bout de ficelle, selle de cheval. Et ainsi de suite, à l'infini. Il n'y en a que deux qui ne font pas partie de la pièce. Manège en est sûre : Ariane aime monsieur Armand qui aime Ariane. A aime A qui aime A. Trop simple pour faire une histoire.

En revenant du cimetière, Manège apprend la nouvelle à Tambour : maman est amoureuse. Elle va recommencer à planer dans son sommeil et on accueillera bientôt un petit frère ou une petite sœur. Moi, je voudrais un frère, dit Tambour. Je pourrais réparer des voitures avec lui. Les filles, c'est nul, elles savent qu'être amoureuses. Manège éclate de rire. Elle a le même rire que sa mère. Les enfants reçoivent leur héritage du vivant de leurs parents. Ils héritent, sans passer par un notaire, de la voix, du rire ou des yeux de leurs parents. Que racontez-vous de si drôle, demande Ariane qui traîne à l'arrière du groupe, en compagnie de monsieur Armand. Rien, maman, répond Manège. Rien du tout : des bêtises.

bonheur présent
mélioratifs

Ariane amoureuse a le même âge que sa fille.
C'est embêtant. Surtout pour sa fille, c'est embêtant. Manège découvre sa mère collée au plafond. Il n'y a pas d'autre mot : collée. Ronflante
et volante et souriante. C'est charmant — mais
qui va faire la cuisine pendant ce temps, qui va
conduire Tambour à l'école ? Manège gronde et
grogne. Monsieur Gomez trouve pour elle les
mots apaisants : tu voudrais une maman nor-
male, Manège ? Tu voudrais une maman comme
madame Carl ? Écoute, petite, c'est très simple :
dans la vie comme elle va, soit tu deviens bête,
soit tu deviens fou. Ta mère a choisi — et depuis
toujours sans doute : folle d'amour, folle par
amour. Ne me dis pas que tu préférerais une
mère qui calcule, raisonne et surveille. Non,
répond Manège. Vous avez sans doute raison.
Mais quand même : c'est éprouvant d'avoir une
mère qui a mon âge. Deux filles de dix-huit ans
dans la même maison, c'est intenable. On dirait

jeunesse
interrogation

que vous, les gens de votre génération, vous ne vous décidez pas à vieillir. Comment voulez-vous que vos enfants s'y retrouvent ? J'en conclus, cher monsieur Gomez, qu'il est temps pour moi de battre des ailes. Je vais partir. Je vais faire le tour du monde — et dessiner, dessiner, dessiner. *3 temps répétition*
Ce sera ma manière à moi d'être folle. Je me doute que le monde n'est pas si différent de ce que je vois ici. Je m'en doute mais je vais le véri-fier, pinceaux à la main.

Manège se procure passeport et visas, demande de l'argent à sa mère, emprunte à monsieur Lucien et à monsieur Gomez, embrasse chacun des membres de la tribu sur la joue, quatre fois, puis se fait accompagner à la gare. Le train démarre. Elle est partie au bout du monde. Elle revient trois jours plus tard : pour voir, juste pour voir si elle leur manque, quels visages ils ont quand elle n'est plus là, quelles nouvelles habitudes ils ont commencé à prendre. Elle laisse ses valises à la consigne. Elle entre dans la maison et c'est Tambour qu'elle voit en premier. Il est dans la cuisine, penché sur un fouillis de fils sortis d'une boîte noire, rectan-gulaire, avec des trous minuscules sur les côtés. Dans le salon, mademoiselle Rosée et monsieur Gomez prennent le thé. Monsieur Gomez parle de son travail à l'épicerie. Les enfants du quar-tier, à la sortie de l'école, viennent par dizaines lui voler des bonbons. Il en est ravi. Ma mère n'est pas d'accord, mais je lui ai expliqué que le vol était un bon signe comptable, un indice de prospérité : les moineaux ne s'abattent que sur des cerisiers en bonne santé. Mademoiselle Rosée n'écoute rien de ce que monsieur Gomez lui dit. Mademoiselle Rosée boit monsieur Gomez des yeux, mange monsieur Gomez des yeux, brûle monsieur Gomez des yeux. Mademoiselle Rosée est malade d'amour pour monsieur Gomez qui ne le voit pas — ou qui préfère ne pas le voir. Mademoiselle Rosée aimerait tellement être un cerisier en bonne santé. Manège monte dans les chambres, descend à la cave, ne trouve pas sa mère. Elle sort dans le jardin, se laisse guider par le bruit des ronflements : Ariane flotte au-dessus des haricots. Elle n'est pas seule dans les airs. Elle tient la main gauche de monsieur Armand qui, à ses côtés, ronfle et dort, mollement remué par le vent. Manège s'en va à l'épicerie, passe devant madame Gomez, file au fond du magasin et met quelques paquets de bonbons dans ses poches. Elle reprend le chemin de la gare. Cette fois, c'est le vrai départ.

individualisme

Personne ne l'a vue. Elle ne s'en rend compte que maintenant : elle est passée à quelques centimètres de Tambour, elle s'est assise à côté de mademoiselle Rosée, elle a salué madame Gomez derrière sa caisse — et personne ne s'est étonné, personne ne lui a rien dit, ni bonjour, ni au revoir. Confortablement assise sur la _vide intérieur_

banquette du train, les jambes allongées sur la banquette d'en face, Manège soudain s'énerve. Elle est prête à descendre sur le quai pour aller disputer ces ingrats : alors quoi, je pars trois jours et je deviens invisible ? Puis elle éclate de rire, elle comprend : ils ne _pouvaient pas_ la voir. Ils l'aiment, ils l'ont crue quand elle a annoncé son tour du monde, cette annonce est entrée en eux, en chacun d'eux, au plus profond, avec un calendrier : on ne reverra pas Manège avant beaucoup de mois. Un tour du monde, c'est long. C'est elle-même qui s'est rendue invisible. Elle ne va quand même pas le leur reprocher. Le train démarre. Le tour du monde a commencé. On s'arrête dans des petites gares de campagne. Les commencements sont toujours minuscules. Manège crayonne, esquisse quelques paysages sur son carnet. Elle dessine, elle dessine, elle dessine.

Rembrandt a mangé Van Gogh. La cage de Van Gogh était en équilibre sur le bord de la fenêtre de la cuisine, face au soleil levant. Van Gogh avait un faible pour le soleil. Sa montée dans le ciel le faisait chanter. Deux, trois coups de patte, et la cage a basculé sur le sol, sa porte s'est ouverte. Van Gogh piaillait. Personne pour l'entendre. Se saisir de l'oiseau était un jeu d'enfant. Les chats adorent les jeux d'enfant. Rembrandt n'a pas accompli tout de suite son sinistre travail. Il a emporté l'oiseau sous un buisson, à l'abri des regards fâcheux. Il a joué avec puis il l'a croqué. Ensuite il a craché les plumes. Le ventre rond, les yeux plissés, Rembrandt est allé faire une sieste dans la remise à outils. Personne ne s'est aperçu de rien. Ils sont tous occupés dans cette maison. Ariane et son instituteur, deux gisants flottant à dix mètres de hauteur. Monsieur Gomez se disputant avec sa mère. Mademoiselle Rosée enregistrant sur cassette des chansons d'amour pour monsieur Gomez — qui de toute façon n'a pas d'appareil pour les entendre. Monsieur Lucien lisant des ouvrages de philosophie comme on consulte un livre de médecine, cherchant un remède à la jalousie, une gélule de sagesse, un comprimé de calme. Tambour réfléchissant sur les divers moyens de parler à l'oreille de sa mère, sachant que l'oreille en question, non séparable du reste du corps, vogue à dix mètres de hauteur. Réfléchissant, bricolant, inventant. Je ne dis pas qu'on devient inventeur pour parler à sa mère. Je ne dis pas non plus le contraire. Je dis ce que je vois : Tambour qui construit des cerfs-volants pouvant supporter le poids d'une personne, des ressorts qui vous propulsent à dix mètres de hauteur, des échelles à roulettes. Aucune invention ne marche. D'ailleurs, dans cette tribu, depuis quelque temps, rien ne va. Van Gogh est mort et tout le monde s'en fout. Voilà ce qui arrive quand tout le monde est occupé : un meurtre.

L'amour est une toute petite chose avec des conséquences épouvantables. C'est monsieur Lucien qui le dit. Il ne collectionne plus les soldats de plomb mais les théories sur l'amour. La fréquentation des philosophes fait tourner la tête — comme le lait trop chaud dans une casserole : ça monte, ça mousse, ça déborde. Monsieur Lucien s'est choisi Tambour comme disciple. Entre deux inventions, l'enfant apprend les noms d'Aristote, de Platon et Pascal. Monsieur Gomez a émis quelques réserves sur l'éducation ainsi donnée à Tambour : vous ne croyez pas, monsieur Lucien, qu'il serait préférable pour cet enfant de faire connaissance avec Tintin, plutôt que d'entendre la voix sombre des penseurs célibataires ? Monsieur Gomez a vite regretté son intervention. Monsieur Lucien lui a expliqué un dimanche entier — matin, après-midi et soir — qu'il était mal placé pour parler des penseurs célibataires, que la lecture de

Freud qui n'était pas, je le précise, célibataire, pourrait éclairer la lanterne de monsieur Gomez sur son lien avec sa mère, que d'autre part les enfants étaient naturellement philosophes, qu'un garçon de dix ans capable d'inventer un vélo volant — en forme de hanneton, notez bien : on peut être savant et garder le goût du jeu — pouvait bien entendre parler de Pascal avec sa brouette, sa roulette et son Dieu, qu'en outre la lecture de Tintin n'était pas sans danger, que Mozart donnait des concerts à huit ans, que Rimbaud à dix-sept ans avait fait vieillir toute la littérature des siècles, que de toute façon il n'y a pas de règles, que et que et que. À onze heures du soir, monsieur Gomez avait rendu les armes. Et même bien avant onze heures du soir. Monsieur Lucien a l'art d'éteindre la parole autour de lui, comme on souffle sur une bougie. Un premier argument, un deuxième argument, une citation, un troisième argument, une deuxième citation — et ainsi à l'infini. Monsieur Lucien prend la parole comme une armée monte au feu, par vagues successives. Très vite en face il n'y a plus que des déserteurs. Monsieur Gomez a donc passé son dimanche à se taire, ennuyé de ne pouvoir sortir de cette embuscade avant onze heures du soir — heure où le film à la télévision venait de finir Un si beau film. Monsieur Gomez se faisait une joie de le regarder. On a beau être époustouflé par l'éru-dition de monsieur Lucien, on garde quand même un faible pour les albums de *Tintin* et les films du dimanche soir à la télévision. Bref, la philosophie, c'est pas la joie, conclut monsieur Gomez, conclut *silencieusement* monsieur Gomez : s'il avait entendu une telle remarque, monsieur Lucien aurait aussitôt entamé un développement sur la joie chez Spinoza et saint Augustin, on y passait la nuit.

Tambour a assisté à cette conférence improvisée. Il a écouté comme écoutent tous les enfants du monde, en se faisant oublier, en bricolant une petite chose sur un coin de table. Le mot « transfert » lui a donné envie de rire. Il a apprécié l'histoire de Socrate. Puis il est revenu à ses soucis à lui : démonter, remonter, souder, visser. Inventer. La philosophie, c'est charmant — mais on ne peut pas tromper Tambour là-dessus : derrière le beau parler de monsieur Lucien, il reconnaît le caractère de l'homme, sa jalousie inguérissable, son dépit de n'être pas le centre du monde. Dessous la théorie, cherchez la déception.

L'amour est une petite chose avec des conséquences épouvantables : il y a quand même du vrai dans cette affirmation de monsieur Lucien. La preuve : monsieur Armand vient de perdre son poste à l'Éducation nationale. Il ne le sait pas encore. Il faudrait qu'il se réveille et qu'il atterrisse pour le savoir. On a toléré son absence en classe pendant une semaine, puis deux, puis trois. À la quatrième semaine un inspecteur s'est déplacé. Les inspecteurs de l'Éducation nationale sont des professeurs d'un genre particulier. Ils ne donnent pas de cours, ils font la leçon. Leurs élèves, ce sont les autres professeurs. Ils leur donnent des notes et des conseils. Ils jouent à leur faire peur. L'inspecteur est allé chez Ariane, il a frappé aux carreaux de la cuisine. Tambour, le visage noirci par une expérience de chimie malheureuse, lui a ouvert. Il y avait deux problèmes à résoudre : pourquoi Tambour n'allait-il plus en classe? Pourquoi monsieur Armand n'enseignait-il plus? Le premier problème a été rapidement résolu. Tambour a expliqué qu'on lui donnait à la maison les mêmes informations qu'à l'école. En mieux. Et il a commencé à parler de la raison chez Aristote et de la grâce chez Pascal. Effaré, l'inspecteur a demandé à voir monsieur Armand. Tambour a levé un doigt en l'air. L'inspecteur a vu Ariane et monsieur Armand collés au plafond, dormant et ronflant, bienheureux. L'inspecteur est revenu dans sa chambre d'hôtel, a branché son ordinateur portable a rédigé son rapport. Monsieur Armand dort depuis un mois. Monsieur Armand est amoureux depuis un mois. Monsieur Armand vole depuis un mois. Le sommeil, ni l'amour ni le vol, ne constituant un motif sérieux d'absence, je demande la révocation immédiate de monsieur Armand.

Oui, vraiment, l'amour est une toute petite chose avec des conséquences épouvantables. Demandez à mademoiselle Rosée ce qu'elle en pense : elle creuse. Elle creuse le fond de son cœur et la surface des miroirs. Elle cherche une explication aux dérobades de monsieur Gomez. Elle voudrait comprendre pourquoi, quand on aime quelqu'un, ce quelqu'un ne vous aime pas aussitôt du même amour. Dans le fond de son cœur, mademoiselle Rosée trouve une petite fille qui aime la campagne, le calme, les chiens et les poèmes de Verlaine. Sous la surface des miroirs, elle trouve une jeune femme de vingt-sept ans au corps presque parfait. Presque : elle a un sein, le gauche, un peu plus gros que l'autre. La dissymétrie est un peu gênante mais bon, cela n'empêche pas les hommes de se retourner sur elle. Tous les hommes sauf monsieur Gomez. Mademoiselle Rosée aime quelqu'un qui ne l'aime pas. Moins il répond à son amour, plus son amour grandit. J'ai une théorie là-dessus, dit monsieur Lucien. Vous êtes affectée d'une maladie assez commune, peu dangereuse. Si vous voulez, je vous explique Gardez votre théorie pour vous, répond mademoiselle Rosée. La philosophie est une grande chose mais elle n'a jamais empêché personne de s'enrhumer ou de tomber amoureux. Parce que vous mettez les deux états sur le même plan, demande monsieur Lucien, le rhume et l'amour ? Foutez-moi la paix, bordel, tranche mademoiselle Rosée que son éducation bourgeoise n'a pas habituée à parler aussi cru. Il est vrai que l'amour est un pédagogue redoutable, autrement plus efficace que des parents, fussent-ils bourgeois. Et, pense monsieur Lucien, bourgeoisie et vulgarité font très bon ménage, les deux côtés d'une même pièce. Mademoiselle Rosée creuse et creuse encore. Elle creuse son cœur, les miroirs — et le jardin : elle s'est mise en tête d'éblouir monsieur Gomez par ses talents de jardinière. Elle lui écrit une lettre à retardement, une lettre qui s'ouvrira au printemps sous la lumière, une lettre remplie de tulipes jaunes implorant grâce, appelant au secours, des dizaines de tulipes jaunes dédicacées par mademoiselle Rosée à monsieur Gomez. Elle retourne la terre, enfonce les bulbes. Elle a dû arracher les plants de tomates naines. Elle n'a pas demandé la permission à Ariane. De toute façon Ariane n'entend plus rien, elle flotte à dix mètres de hauteur, même les inventions de son fils ne la réveillent pas, cette maison devient infréquentable, il serait temps que quelque chose arrive, quelque chose ou quelqu'un, un bébé par exemple. Un bébé tout rose. Rien de tel pour rafraîchir le monde. L'amour est une toute petite chose avec des conséquences merveilleuses.

Ariane revient sur terre avec la grâce vire-voltante d'une feuille détachée de l'arbre. Monsieur Armand reste en hauteur. Il est rare que deux personnes s'aiment exactement du même amour. Ariane atterrit au milieu des tulipes. Elle se relève, entre dans la maison et s'en va prendre une douche. Maintenant elle a faim, elle a soif, elle a envie de nouveaux vêtements et d'une nouvelle coiffure. Elle mange, elle boit, elle s'achète des robes et passe trois heures de suite chez le coiffeur. Elle revient. Monsieur Armand est toujours en apesanteur. Le vent l'a déplacé. Il flotte au-dessus de la rue. Ariane ne s'inquiète pas. Elle porte un bébé dans son ventre. Le poids du bébé l'a fait descendre sur terre plus tôt que monsieur Armand, c'est normal.

Tambour se réjouit du retour de sa mère. Plus personne ne manque. Manège? Elle sait se faire présente par les dessins qu'elle envoie en guise

de lettres, jour après jour. Elle dessine, elle dessine, elle dessine.

Ariane prépare le retour de son homme et
l'apparition du bébé. Aidée par Tambour et
monsieur Lucien, elle repeint les murs de la
maison. Couleurs et lumière pour mes amours.
Grands espaces pour mon cœur. Mademoiselle
Rosée sanglote dans la salle de bains. Elle se
trouve laide, n'étant pas aimée de celui qu'elle
aime. Elle gémit sur sa laideur. Elle est assise
dans la baignoire, la tête penchée sur son cœur
comme un oiseau qui dort. De temps en temps
elle jette un œil sur le miroir au-dessus du lavabo.
Elle y découvre l'image d'une vieille femme de
vingt-sept ans, abandonnée des anges, affreuse.
Et elle pleure. C'est gênant. C'est très gênant :
d'abord il faut refaire la salle de bains, et mademoiselle Rosée refuse d'en sortir. Ensuite ces
pleurs sont une mauvaise musique pour l'enfant
à venir. Ariane demande à Tambour et à monsieur Lucien de sortir de la maison. Elle a des
choses à dire à mademoiselle Rosée que les
hommes n'ont pas le droit d'entendre. Elle
entre dans la baignoire, prend mademoiselle
Rosée dans ses bras et lui parle à l'oreille. Longtemps. Sur quoi ou sur qui, on ne sait pas. À mon
avis, Ariane lui raconte quelque chose à propos
des hommes, quelque chose de drôle puisque
maintenant mademoiselle Rosée relève la tête,
éclate de rire. L'enfant dans le ventre d'Ariane

entend ces rires et redevient confiant. On peut terminer les travaux.

Ariane sort dans le jardin pour voir où est son homme. Toujours poussé par le vent, il est à trois cents mètres de là, il plane au-dessus de la maison d'une infirmière. L'infirmière s'appelle Sarah, elle est blonde et jeune et belle et célibataire. Ariane hésite entre le rire et la colère. Elle prend les deux. Elle rit dans sa colère. Quand même, elle aimerait bien, un jour, une fois, garder près d'elle le père d'un de ses enfants. Au moins un jour, au moins une fois. Espérons. Faisons confiance au vent.

Une lettre de Manège. Elle est aux États-Unis.
Monsieur Lucien découpe les jolis timbres.
Quand on est collectionneur, c'est pour toujours, et peu importe ce qu'on collectionne
— soldats de plomb, philosophes ou timbres.
Tambour regarde le dessin de Manège : un arbre
naufragé, quatre traits de crayon noir. Tambour
se tourne vers sa mère. Maman, je viens de
comprendre une nouvelle expression : « peine à
voir ». Cet arbre fait de la peine à voir. Ariane lit
à voix haute la lettre qui accompagne le dessin.
Manège écrit comme elle dessine : au ras de ce
qu'elle voit. Ariane lit : « Tout va bien. Je vais
dans un monde parfois enchanté, parfois
horrible. Souvent les deux en même temps. Je
travaille. Il faut bien. J'ai fait le ménage trois
mois dans un hôpital psychiatrique de Chicago.
Dans cet hôpital, il y a un pavillon nommé *Blue
Moon*, lune bleue. Dans ce pavillon fermé à clé,
des vieillards. Personne ne leur parle. La salle est

claire. Sa clarté accuse le délabrement des corps. Les infirmiers font le travail de base, correspondant à leur salaire. Ils lavent, habillent, nourrissent. Les calmants et l'abandon ont pétrifié les corps. Ces vieillards n'ont aucun intérêt pour une société qui a fait de l'optimisme sa marchandise première. Ils n'ont que l'intérêt de permettre aux jeunes infirmiers de toucher leur salaire à la fin du mois. Dans ce pavillon, il y a une cour intérieure. Le ciel d'été y tombe comme du plomb sur trois chaises de plastique blanc. Dans un coin, un arbre. Je vous l'ai dessiné. Il est aussi détruit que ces gens. Comme eux il ne trouve ici rien pour vivre, rien pour mourir. Ne vous inquiétez pas. Je vois aussi des choses très belles, même si la beauté n'est pas ce que je cherche. Le musée d'art moderne de Chicago est très intéressant. J'espère que vous allez bien. Je suis sûre que vous allez bien. Comment s'appelle mon nouveau petit frère ou ma nouvelle petite sœur ? Je vous embrasse, je pars en Colombie. Tambour, regarde dans le dictionnaire au mot "Colombie". Invente un berceau pour le petit frère ou la petite sœur. Bises, Manège. »

Oui, à propos : quel prénom va-t-on donner au bébé qui va bientôt naître — ou plutôt, comme dit mademoiselle Rosée : qui va bientôt fleurir ? Monsieur Armand est lentement reconduit par le vent au-dessus de la maison. Il va bientôt toucher terre. Tout est en place, ne manque plus qu'un prénom.

C'est important, un prénom : je suis plusieurs fois tombé amoureux de jeunes femmes à cause de leur prénom, avoue monsieur Gomez. Tu ne me l'avais pas dit, intervient sa mère. Il est préférable de ne pas tout dire à sa maman, répond monsieur Gomez. Préférable et même salutaire. Je me souviens d'une femme qui s'est installée dans ma tête sans prévenir, pendant six mois. Elle ne l'a jamais su. Elle était l'assistante d'un dentiste. Ce n'est qu'à ma deuxième visite que j'ai entendu le dentiste prononcer son nom : Aube. Ce nom m'a mis en amour. Les jours de rendez-vous avec mon dentiste étaient des jours bénis de Dieu. Je m'y préparais comme pour une fête. Je ne me lavais plus les dents et j'avalais des quantités de sucreries dans l'espérance de multiplier les caries. Aube portait des talons aiguilles. Cela donnait une rumeur de pluie quand elle allait et venait dans le cabinet où j'étais allongé sur un fauteuil, la bouche grande ouverte. C'est une position un peu grotesque pour un amoureux. Je fermais les yeux dans ces instants-là. Je ne les rouvrais que lorsqu'elle s'éloignait dans la pièce d'à côté. La petite pluie Aube m'a réjoui six mois, longs et courts à la fois. Puis c'est une nouvelle assistante qui m'a ouvert la porte. Georgette ou Paulette. Quelque chose comme ça. J'ai recommencé à me laver les dents et j'ai arrêté les bonbons. J'ai demandé au dentiste, sur un ton badin, des nouvelles d'Aube. Mal m'en a pris : il m'a répondu en grognant — surtout ne me parlez plus de cette salope. Des patients dans la salle d'attente m'ont expliqué : la belle s'était enfuie avec la femme du dentiste. Il valait mieux ne plus faire allusion à elle si on voulait être soigné convenablement.

On tombe souvent amoureux de quelqu'un pour en avoir entendu parler, dit monsieur Lucien, et notre prénom parle pour nous, avant même que nous ayons ouvert la bouche. Alors on doit m'entendre venir de loin, réplique Tambour. Ariane sourit. J'ai préparé une liste de prénoms pour ma fille, car je suis sûre que ce sera une fille. Écoutez : Orange, Sereine, Miracle, Pastille et Rivière. Qu'en pensez-vous ? Enlevez Sereine, dit monsieur Gomez. Un tel prénom suscitera beaucoup d'amour, mais il risque d'attirer votre fille dans un cloître. Rayez aussi Miracle et Pastille, dit mademoiselle Rosée. Il faut penser à la cruauté des cours d'école. J'en sais quelque chose. J'ignore ce qui a pris à mes parents de m'appeler Rosée. J'ai eu droit à tout : Rougeole, Arrosoir — et j'en passe. Restent Orange et Rivière. Orange : un nom à vous attirer des pépins, dit monsieur Lucien. Demeure Rivière. Va pour Rivière, dit Ariane. Je demanderai à monsieur Armand quand il reviendra parmi nous

Sainte Marie mère de Dieu, me voilà revenu sur terre où tout se passe. J'ai deux choses à vous demander. La première, c'est de m'aider à retrouver un travail. L'Éducation nationale est une mauvaise mère. Elle ne sait nourrir qu'une partie de ses enfants. Les autres, elle les pousse à la rue. L'Éducation nationale est une truie qui a moins de mamelles que de petits. Les premiers se servent. Les autres qui ne peuvent s'accrocher à ses flancs — parce qu'ils sont plus faibles ou parce qu'ils ont la tête ailleurs —, elle les laisse se débrouiller avec la faim. J'ai enseigné dix ans, c'est suffisant. Faire trop longtemps la même chose, au même endroit, à la même heure, cela rend vieux. Vous le savez bien, madame Marie, vous qui sortez souvent de votre chapelle. Ne le niez pas. Hier encore je vous ai vue sur le marché, derrière le petit jeune qui vendait ses fromages de chèvre. Votre présence lui a fait du bien. Il a vendu toute sa production en une heure. Aidez-moi donc à trouver un travail neuf. À mi-temps, si possible. Ma deuxième prière — on est bien d'accord : prier, c'est demander — n'est pas pour moi, mais pour l'enfant à venir. Ariane veut l'appeler Rivière. Je n'ai pas de réserve sur ce prénom, seulement une crainte. Je n'ai pas su la formuler, ou je n'ai pas pu me faire entendre, ce qui revient au même. Pour parler, il ne suffit pas de parler, il faut aussi être entendu. Vous, avec vos oreilles de plâtre bleu, je sais que vous entendez tout. Cela dit sans vouloir vous flatter. Mais je m'égare, madame Marie, je m'égare. Elle est d'ailleurs là, ma crainte : Rivière est un prénom pour égarés. Le destin d'une rivière, c'est de se perdre dans plus grand qu'elle. Je ne voudrais pas d'un tel sort pour ma fille. Vous qui régnez sur ce monde et sur les mondes annexes, inspirez à Ariane un autre prénom, plus simple, et pour tout dire : ordinaire. D'avance, merci. Je vous laisse. Je mets un billet de cent francs dans le tronc et j'allume tous les cierges. À bientôt pour le baptême.

Et monsieur Armand s'en va, d'un pas discrètement dansant — une manie qu'il a contractée pendant son séjour dans les airs. Il a été entendu. Ariane ne parle plus de Rivière. Cela lui faisait trop penser à son premier mari, le pêcheur. Elle cherche un autre prénom, elle va bientôt trouver et pendant une seconde monsieur Armand regrettera d'avoir chuchoté aux oreilles de Marie, et la seconde suivante, car il a le cœur ainsi fait, il se réjouira.

Ariane et lui sont assis à une table de restaurant, au bord d'un lac. Ils mangent des fruits de mer. Ils fêtent le nouveau travail de monsieur Armand qui vient d'être engagé comme projectionniste dans un cinéma. La nature leur propose un coucher de soleil sur le lac. Des oiseaux filent au ras de l'eau presque rouge, traversant des nuées de moucherons. Ariane écoute le patron de la guinguette se plaindre de ses affaires, du gouvernement et des jeunes qui ne veulent plus travailler. Elle pense à monsieur Gomez dans son épicerie. Elle pense à Manège dans ses voyages. Elle pense à Tambour et à son ravissement quand monsieur Armand l'a fait entrer dans la cabine de projection. Elle pense à monsieur Lucien qui a quitté les philosophes pour les poètes, transportant d'une lecture à l'autre la même rage exténuante de convaincre. Elle pense à mademoiselle Rosée qui amène, chaque jour, un bouquet de tulipes jaunes sur la table de la cuisine. Elle pense à tous, elle ne pense plus à rien, elle croque une crevette et tombe de sa chaise. L'enfant jaillit dans la lumière bleu rose du soleil couchant. C'est une fille. Elle est minuscule, d'un rose vif. Ariane la prend dans ses bras, la pose sur la nappe. Nous l'appellerons Crevette.

Tambour entre dans la chambre sur la pointe des pieds. Il s'approche du lit de sa petite sœur Il est sept heures du matin. Elle dort. Il tient dans ses bras des marionnettes qu'il a inventées Il s'est servi des proches comme modèles. La marionnette de monsieur Lucien est une des plus réussies. Elle a un crâne chauve, en cartor bouilli. Quand on pince le nez de la marionnette, son crâne s'ouvre. Surgit alors une petite poupée sur ressort, aux traits de Descartes ou de Baudelaire — tout dépend des jours. La vue de cette poupée minuscule fait rire Crevette aux éclats. La marionnette de mademoiselle Rosée porte une robe découpée dans un rideau de salle de bains. À travers la robe, on voit son cœur : un poisson rouge enfermé dans un sachet de plastique. C'est la marionnette la plus fragile. Quand elle ne sert pas, Tambour met son cœur dans un aquarium, et l'aquarium au sommet d'une armoire : il y a longtemps que le vieux

Rembrandt a digéré Van Gogh Depuis ce meurtre, la nourriture ordinaire — ronron et pâté — lui paraît fade. Le cœur de la marionnette de mademoiselle Rosée est rouge comme une cerise. Rembrandt le croquerait volontiers. Il y a bien sûr des marionnettes d'Ariane, de monsieur Armand, de monsieur Gomez et de sa mère, de Rembrandt et même de Manège que Crevette n'a pas encore rencontrée. Personne n'est oublié. Tambour s'agenouille près du lit de sa sœur. Il fait parler les marionnettes. Leurs dialogues réveillent l'enfant. Un réveil de princesse. La journée qui suit est à la hauteur : Tambour a inventé beaucoup de machines pour éclairer les beaux yeux de Crevette. Tambour est le troubadour de sa petite sœur. Il ne pense qu'à la faire rire. Rien d'autre ne compte. Ariane s'est inquiétée de tant d'amour. Monsieur Armand l'a rassurée : il n'y aura jamais assez d'amour dans ce monde. Tambour est un savant doublé d'un philosophe. Il travaille sur les racines de la vie, sur ses origines, son fondement, sa base, sa garantie : le rire d'un bébé. Laissons-le travailler. Ariane n'a été qu'à demi rassurée. Elle est allée voir Marie mère de Dieu pour demander conseil, mais la chapelle était vide.

Difficile de faire le point avec quelqu'un qui n'est plus là. Ariane a allumé un cierge comme on glisse un mot sous une porte fermée. Elle est revenue le lendemain. La mère de Dieu était toujours absente. Ariane est venue tous les jours de la semaine. En vain. Marie bleue, Marie de plâtre a disparu. Invisible, envolée. Elle fait le tour du monde Hier elle a croisé Manège dans un café en Argentine. Manège, assise devant un verre de tequila, dessinait, dessinait, dessinait. Marie s'est penchée par-dessus son épaule, a regardé le dessin, a eu envie d'éclater de rire Elle s'est retenue : le rire de la mère de Dieu est si puissant qu'il pourrait faire éclater toutes les vitres d'une ville, et même d'un pays. Marie a donc freiné son rire, elle l'a changé en sourire : Manège va au bout du monde pour dessiner une bouteille de tequila. Il y a pourtant dans le monde bien d'autres choses plus spectaculaires. Mais non. Ce n'est pas ce qui intéresse Manège. À l'école du regard, elle reste dans la petite classe. Elle parcourt des milliers de kilomètres pour peindre des choses infimes, ici une bouteille, plus loin un cerisier, un peu plus loin encore une barrière en bois. Marie bleu ciel a déposé un baiser sur la joue gauche de Manège qui n'a rien senti. Marie blanc-bleu s'est assise au fond de la salle, a écouté quelques tangos et une chanson de Céline Dion. Elle est en vacances, Marie. Elle ne pense plus à sa chapelle. Disons la vérité : elle en avait marre, Marie mère de Dieu. Marre de voir débarquer à toute heure Ariane, monsieur Armand et tous les autres. Même monsieur Lucien était venu la voir un jour, pour lui expliquer, textes à l'appui, que Dieu n'existe pas. Un comble. Elle les aime tous, Marie. Ce sont ses enfants, mais une mère a bien le droit de disparaître quelquefois. Une mère a droit à des congés, la mère de Dieu comme les autres. Ils peuvent bien attendre son retour. Ce n'est pas grave, cette absence. Cela n'empêche pas Crevette de rire comme rient les bébés, avec un bruit de rivière dans la gorge, le corps secoué par une onde de plaisir.

Rien n'est plus contagieux que la liberté. Ariane rentre de la chapelle où elle n'a trouvé personne à qui parler, elle saute au cou de monsieur Armand : partons en voyage. Monsieur Gomez et les autres s'occuperont bien des enfants. Partons tous les deux, en amoureux. À Venise ? demande monsieur Armand qui a un petit côté conventionnel. Non, répond Ariane : partout sauf à Venise.

Et ils partent.

Crapaud. Crevée. Zézette. Tels sont quelques-uns des surnoms donnés à Crevette par les enfants du quartier. Tambour y met bon ordre, à coups de poing. Tambour ne plaisante pas avec l'amour. Il aime sa petite sœur et puisqu'il l'aime, elle est parfaite. Quelqu'un a des objections à faire? Non. Personne n'oserait émettre la moindre réserve. Ou alors en silence. Et loin, très loin de Tambour qui a un fameux coup de poing.

Mademoiselle Rosee se tait. Elle se tait, depuis quelques semaines, éloquemment. Elle se tait bruyamment. Elle se tait, voilà le mot juste : religieusement. Mademoiselle Rosée est passée sans s'en apercevoir de l'amour pour monsieur Gomez à l'amour pour Dieu. Cela s'est produit en douceur. La beauté des tulipes jaunes n'est peut-être pas étrangère à ce changement. Dieu et monsieur Gomez ont un point commun : aucun des deux ne répond à l'amour de mademoiselle Rosée — mais avec Dieu, il reste une petite chance. Monsieur Gomez, c'est certain, ne quittera jamais sa mère. Dieu est plus imprévisible. Mademoiselle Rosée s'en va prier tous les matins à la chapelle, devant la niche creuse de Marie, toujours en voyage. Tant mieux. Mademoiselle Rosée en a assez des mères qui couvent leurs fils. Mademoiselle Rosée aime le garçon de Marie, ce qui ne regarde personne, pas même Marie.

Monsieur Lucien n'a fait aucune réflexion sur le nouvel amour de mademoiselle Rosée. Il ne s'en est pas aperçu. Il lui aurait fallu lever la tête de ses livres. Monsieur Lucien lit les poètes, et uniquement les poètes. Il les lit comme un affamé, comme un malade. Il mange les poètes et les poètes le guérissent de son amertume. Plusieurs fois par jour, il découvre un trésor. Il arrive comme un fou dans la maison, demande le silence et lit à voix haute. Il ennuie tout le monde avec ses trouvailles. La dernière fois il a lu *La Divine Comédie* de Dante, la partie sur l'enfer. Intégralement. Personne n'a osé l'interrompre. Personne dans cette maison n'ose plus interrompre personne. Chacun poursuit son rêve en plein jour, parallèlement aux rêves des autres. Tout le monde est occupé.

Le facteur s'arrête chaque matin devant la maison, dépose une lettre de Manège et une carte postale signée par Ariane et monsieur Armand. Sur les cartes postales, il y a de moins en moins de mots, et de plus en plus de points d'exclamations.

Tout va bien. Personne n'est là pour dire la vérité, une toute petite part de la vérité, une miette de vérité — ce genre de miette qui gratte entre la peau et la chemise, qui se faufile entre les draps et détruit le sommeil : Crevette a un bec-de-lièvre. Personne dans l'entourage de Crevette ne le dit, parce que personne ne le voit. L'amour traverse les apparences et en les traversant, il les brûle. Ma petite sœur est plus belle qu'un ange, dit Tambour. Et tous dans cette tribu l'approuvent, mademoiselle Rosée la première : son nouvel amour lui donne une intelligence neuve. Elle sait que la signature de Dieu est toujours étonnante, jamais la même. La marque de Dieu, c'est la surprise. Alors un ange qui a un bec-de-lièvre, pourquoi pas?

Quelqu'un a des objections à faire?

Le nom de Manège commence à apparaître dans les journaux. Elle en est à sa cinquième exposition à l'étranger. Dans la tribu, personne ne regarde la page « culture » des journaux — ni d'ailleurs les autres pages. Tambour n'ouvre que des revues scientifiques. Monsieur Lucien tient pour incompatibles la lecture du journal et celle des poètes. Mademoiselle Rosée, pour avoir des nouvelles fraîches du monde, s'adresse directement à Dieu. Monsieur Gomez achète uniquement *Bonnes soirées*. Il en fait la lecture à sa mère dont les yeux sont fatigués.

C'est vers monsieur Gomez que madame Carl choisit d'aller en premier. Car madame Carl, elle, lit les journaux. Elle y trouve ce qu'il faut dire, suivre, quitter. Les peintures de Manège seront bientôt à la mode. Madame Carl le sent, madame Carl le flaire. Le temps est venu de célébrer l'enfant du pays. Monsieur Gomez a une grande réputation de gentillesse. Il ne refusera pas une entrevue à madame Carl. Elle se met du rouge sur les lèvres et du sucre sur la langue, elle entre dans l'épicerie, ignore la mère qui est à la caisse et file du côté des produits frais où se trouve le fils. Et elle a déjà tout perdu. Monsieur Gomez ne supporte pas que l'on ignore sa mère. Si on veut l'aimer, lui, il faut d'abord l'aimer, elle. Le mépris à peine caché de madame Carl pour cette femme qui est grosse, qui ne connaît rien à la peinture et qui passe son temps derrière une caisse enregistreuse, monsieur Gomez l'a perçu. Il range des faisselles de fromage blanc, il attend madame Carl calmement, il lui sourit même un peu. Dans le dernier *Bonnes soirées,* il y avait un article sur la pêche, sur l'art d'épuiser le poisson qui vient de mordre à l'hameçon. Ne pas tirer trop vite sur la ligne. Laisser le poisson user ses forces. Madame Carl a mordu au sourire de monsieur Gomez. Maintenant elle s'épuise : elle parle, elle parle, elle parle. L'honneur que ce serait pour son musée d'accueillir les œuvres de mademoiselle Manège, la certitude qu'elle avait, depuis toujours, du don de mademoiselle Manège, vous qui l'avez un peu élevée, monsieur Gomez, ne le niez pas, nous connaissons tous les absences d'Ariane, vous qui avez veillé sur cette petite, vous ne pouvez que m'entendre, ce serait sa première exposition chez nous, il est temps que son pays la reconnaisse, tenez, j'ai apporté un dossier de presse, lisez ce que les étrangers écrivent sur elle. Seconde erreur. Monsieur Gomez, c'est vrai, aime Manège. Mais précisément : parce qu'il l'aime, il se moque de ce que peuvent écrire sur elle des étrangers. Il aime Manège parce que c'est Manège — pas parce qu'elle est un grand peintre, ce dont il ne doute pas. La gloire vient du monde. Elle passe. L'amour de monsieur Gomez ne passera pas. Il feuillette le dossier de presse, il sourit à nouveau, il rend le dossier de presse à madame Carl, il passe à l'attaque : « Chère madame Carl, si vous avez quelque chose à demander à Manège, adressez-vous à elle, directement. Moi, je ne vous aime pas. Je ne m'en vante pas. Il n'y a d'ailleurs pas de quoi s'en vanter. C'est plutôt triste de ne pas aimer. Je connais les peintures de Manège. Elles sont plus belles que tout ce qu'on en écrira jamais. Elles tapissent la chambre de sa petite sœur. Crevette adore ces dessins. Elle y ajoute parfois une nuance, à l'aide de gros crayons de couleur. Le travail de Manège est bien plus heureux dans cette chambre d'enfant que dans tous les musées du monde. Maintenant je vous laisse, sauf si vous souhaitez acheter du fromage frais, bien entendu : je ne vous aime pas, excusez-moi de vous le redire, mais je peux bien vous vendre quelque chose. Si on vendait uniquement à ceux qu'on aime, il n'y aurait même plus de ventes, plus de commerce. »

L'incendie se voit de loin. C'est Marie bleu ciel qui l'aperçoit la première. Elle se promenait dans les rues d'Amsterdam, s'amusant à traverser les roues des bicyclettes sans provoquer d'accidents. Un peu fatiguée par sa journée, elle s'allongeait sur un champ de tulipes rouges quand elle a senti l'odeur de fumée. Elle a relevé la tête, sa jolie tête de plâtre bleu, elle a regardé dans le lointain et même au-delà du lointain, elle a vu la maison d'Ariane léchée par les flammes.

Depuis quelques mois, Tambour s'intéressait à la chimie. On ne tutoie pas la matière aussi facilement : parfois la matière s'énerve et répond de manière cinglante. Le feu a pris naissance dans le salon. En quelques secondes, il est devenu adulte. Il a traversé les pièces du bas en habit rouge et or. Tout a brûlé. Puis il est monté à l'étage en consumant l'escalier, marche par marche.

Entre les tulipes d'Amsterdam et les tulipes du jardin d'Ariane, plusieurs milliers de kilomètres. Ils sont franchis en une seconde par Marie de plâtre. Tiens, pense-t-elle, avant j'aurais mis moins d'une seconde. Je commence à me faire vieille. Elle découvre la tribu rassemblée dans le jardin. Avec eux, elle regarde les flammes avaler la maison. Il y a même Ariane et monsieur Armand. Un jour avant la catastrophe, Ariane a éprouvé le besoin de revenir à la maison. Elle a fait part de son pressentiment à monsieur Armand : quelque chose va arriver, ils auront besoin de nous. Monsieur Armand n'a pas fait d'objection. Monsieur Armand ne fait jamais d'objection. Ce qu'Ariane veut, il le veut. C'en est désespérant. Ariane aimerait bien que parfois il lui dise « non ». Elle l'aimerait et elle ne le supporterait pas. Leur voyage n'a été que mer-veilles. Ils ont dormi dans de mauvaises chambres d'hôtel, et même une fois sur un parking d'auto-route. Ils se sont perdus dans une forêt et on leur a volé leurs valises. Monsieur Armand a traversé toutes ces épreuves le sourire aux lèvres. Jamais un mot plus haut que l'autre. Il a été exquis, courtois et drôle. Jour et nuit. Ariane n'a jamais connu un aussi tendre amour, c'est sûr — mais ça ne suffit pas. Ariane se demande ce qui pourrait suffire. La lune. C'est ça : la lune. La prochaine fois, elle demandera la lune à monsieur Armand. Et il la lui apportera. Et ça ne suffira pas. Elle sourit de cette pensée, elle regarde les flammes grimper jusqu'au toit. Ils sont tous là, dans le jardin. Mademoiselle Rosée en extase devant l'incendie, marmonnant une prière à ses sœurs les flammes. Monsieur Lucien serrant sur son cœur un exemplaire rare des poésies de Jean Grosjean, sa dernière trouvaille. Madame Gomez et son fils dans les bras l'un de l'autre. Tambour un peu honteux mais pas trop quand même — on ne peut pas toujours réussir une expérience et, somme toute, les échecs nous instruisent autant que les succès. Tout le monde est là sauf Manège qui est en Angleterre et qui a téléphoné hier soir. Et Crevette. Ils s'en aperçoivent tous en même temps, un seul cri sort de leurs gosiers, même Marie bleu nuit hurle avec eux : Crevette dort dans la maison en feu.

Monsieur Lucien tombe à genoux. Il prie Dieu auquel il ne croit pas. Il prie aussi le diable, on ne sait jamais. Mademoiselle Rosée est debout. Elle arrache ses vêtements un à un, en silence. Ariane s'en veut et, parce qu'elle s'en veut, elle gifle monsieur Armand. Quelle idée avons-nous eue de confier un bébé à cette bande de fous ? Monsieur Armand acquiesce. Ariane lui redonne une gifle. Monsieur Gomez veut protéger sa mère de la vue d'un tel désastre, et la mère de monsieur Gomez veut protéger son fils de la vue d'un tel désastre. Ils s'éloignent au fond du jardin, tournent le dos à la scène, n'y jettent que des coups d'œil furtifs. Tambour se jure de ne plus croire aux féeries des sciences. Il est trop bouleversé pour pleurer ou crier. Il parle en anglais, une langue qu'il n'a jamais apprise : *I have killed my darling. I have killed my darling.* J'ai tué ma chérie, mon amour, mon soleil, ma mie, mon double, la prunelle de mes yeux, l'hirondelle de mon âme. Quant à Marie mère de Dieu, son maquillage fond sous la chaleur, sa robe de plâtre colle à ses cuisses. Elle se dit que son fils exagère de laisser arriver de tels malheurs, elle se dit qu'elle l'a mal élevé, une fessée de temps à autre ne lui aurait pas fait de mal, elle se dit que ce n'était pas son rôle mais celui de Joseph et que Joseph, à part son atelier de menuiserie, n'est-ce pas, il se la coulait douce, les pieds sous la table et le cri ancestral, archaïque, éternel : « Qu'est-ce qu'on mange aujourd'hui ? »

Tout ce qui pouvait brûler a brûlé. Ariane regarde les ruines chaudes. Elle n'a plus de voix pour appeler Crevette qui d'ailleurs ne répondrait pas. La douleur entre dans l'âme d'Ariane comme une pelle dans la terre meuble, pour en arracher un bloc, d'un coup sec. La douleur a froid. Elle entre dans l'âme d'Ariane, en fait du petit bois, y met le feu. Monsieur Armand n'ose rien faire. Tambour n'ose plus rien dire. Mademoiselle Rosée est nue, trempée de larmes. Monsieur Gomez et sa mère ferment les yeux. Marie bleue a le visage tout blanc, et pas seulement le visage, les cheveux aussi.

Un petit tas de cendres remue. Un petit tas de cendres gigote — c'est ça, c'est le mot qui entre à présent dans la bouche et sur la langue d'Ariane : ce petit tas de cendres, là, regardez, il gigote. Un petit tas de cendres haut comme trois pommes. Il ne gigote pas — le premier mot est rarement le bon : en fait, il danse.

Le petit tas de cendres se redresse, grandit un peu et court en dansant vers Ariane. Ariane s'accroupit, reçoit la poupée cendrée et dansante dans ses bras, contre son cœur qui se ranime. La poupée n'est pas une poupée. Le petit tas n'est pas un petit tas. C'est un lutin, une fée, un miracle : une petite fille bien vivante et toute gaie. Crevette comme hier, Crevette comme toujours, Crevette éternellement d'aujourd'hui. Ils font cercle autour d'elle. Ils la regardent, ébahis : Crevette a grandi. Quand elle s'est endormie, elle avait un an et demi et elle ne parlait pas. À présent elle a sept ans et elle parle. Elle est même intarissable. Elle dit : vous en faites une tête. J'ai l'impression d'avoir dormi longtemps. Je me suis réveillée une première fois, à cause de vos cris et de la chaleur. Je me sentais lourde, lourde, lourde. Je me suis rendormie et c'est le silence qui m'a réveillée. J'ai eu peur d'un silence aussi fort. Vous m'avez fait peur à vous taire comme ça, d'un seul coup, promettez-moi que vous ne le ferez plus. Ils

106

promettent. Ils promettent ce qu'elle veut, tout ce qu'elle veut.

Ils n'ont plus de toit. La mairie les reloge dans un gymnase. Manège, prévenue, leur envoie de l'argent. Ariane fait construire une nouvelle maison, en face de l'ancienne. Elle surveille les architectes : vous me faites une maison impossible à brûler. Je ne veux pas une seule poutre, aucun parquet, pas de bois dans cette maison, même pas un cure-dents. Ils restent trois mois dans le gymnase. Trois mois, c'est suffisant et ce n'est pas assez pour admirer Crevette-la-nouvelle, Crevette-l'éternelle. Qu'elle ait grandi si vite ne les étonne plus. Elle est passée par le feu : cela peut faire mûrir n'importe qui. Comme dit monsieur Lucien qui se croit drôle : elle a brûlé les étapes. Elle a toujours un bec-de-lièvre. Elle adore rire, toujours. Finalement, elle n'a pas trop changé. À part cette façon de danser au lieu de marcher. Le plus drôle, c'est qu'elle danse à deux ou trois centimètres au-dessus du sol. C'est ce qui épate Tambour : depuis l'incendie, Crevette n'a plus remis les pieds sur terre. Elle vole et elle danse, deux ou trois centimètres au-dessus du sol, et ses chaussettes sont trouées aux talons, là où elle a deux petites flammes — oh, vraiment petites, presque invisibles.

Monsieur Armand se plaît dans son nouveau travail. La cabine de projection fait comme une grotte. Il lance le film, puis s'assied sur un tabouret, ouvre un livre prêté par monsieur Lucien. Tambour et Crevette sont dans la salle. Les films d'horreur ont la préférence de Tambour. Il est si doux d'avoir peur quand on est sûr d'être aimé. Marie mère de tous les saints assiste parfois à une séance — tout dépend du programme. Elle ne manquerait pour rien au monde un film de Dreyer, de Tarkovski ou de Tati. Trois anges regardent avec elle, assis en lotus sur des strapontins. Ils s'ennuient. Dreyer et Tarkovski, pour eux, c'est trop lent. Tati, franchement, ils ne trouvent pas ça drôle. Évidemment, leur dit Marie de plâtre, vous êtes des enfants gâtés. Chez vous, tout arrive à la vitesse de la lumière, avant même qu'on l'ait demandé. L'équivalent de cette vitesse, pour les humains, c'est la lenteur. Quant aux films de Tati, pardonnez-moi cette remarque, mais pour les apprécier, il vous manque le sens de l'humour. Ce n'est pas un reproche : vous êtes parfaits — c'est même pour ça qu'il vous manque quelque chose. Les anges (Théodore, Roméo et Ezra) écoutent Marie sans broncher. Sa voix est si délicieuse, même quand elle les gronde — un vrai concerto.

Roméo est l'ange de Manège. Il glane des lumières un peu partout et les met sous les yeux de Manège — à charge pour elle d'en faire un tableau. L'atelier d'un grand peintre est reposant pour un ange. Reposant et extrêmement salissant. Théodore est l'ange de Tambour. Par petites touches, il oriente le garçon vers une carrière d'architecte. La terre est devenue infréquentable, il est temps de réinventer d'autres façons d'y être, des maisons qui ressemblent à des barques ou des berceaux. Ezra est l'ange de Crevette. C'est lui qui a le moins de travail : le cœur de Crevette est d'une transparence rare. Sa voie est toute tracée. Elle ira d'ici, en bas, à là-haut, du côté des étoiles. Mais en prenant son temps. En prenant tout son temps : Ezra a jeté un œil dans le fond du cœur de Crevette, là où plusieurs chiffres sont écrits — la date de sa naissance et celle de sa mort. Plus de soixante-dix ans séparent les deux dates.

Tambour fait parfois des cauchemars. Les fantômes qui habitent dans les films se glissent dans son lit, entrent dans son sommeil et lui murmurent des horreurs au creux de l'oreille : « *I have seen the future, baby, it is murder and money, money and murder.* » J'ai vu l'avenir, petit : c'est la mort et le fric, le fric et la mort. Tambour se réveille en hurlant, couvert de sueur. Crevette vole jusqu'à son lit et pose ses mains sur son front. Crevette est une consolatrice-née. Ses mains depuis l'incendie ont une chaleur rassurante. Elles guérissent du rhume et du désespoir.

Tambour a construit une cabane dans le tilleul du jardin, pour sa sœur et Ezra. Il a tout de suite remarqué la présence de l'ange aux côtés de Crevette. L'ange de ceux que l'on aime est facile à voir. Il ne fait aucun effort pour se cacher. Tambour a laissé une ouverture dans le toit de la cabane, pour qu'Ezra puisse aller et venir comme les moineaux auxquels il ressemble, en plus lourd. Crevette, plusieurs fois par jour, donne un coup de talon dans le vide et s'envole dans l'arbre, s'allonge sur le plancher de la cabane, guettant la rumeur du vent dans le feuillage, goûtant la sensation d'un temps pur et vide. Elle a baptisé la cabane « maison de l'attente ». Tambour, il faudrait aussi me construire une « maison du chagrin ». Elle n'aurait pas de toit ni de murs. On y recevrait tout sans adoucissement, la lumière, la pluie et la neige. Et une « maison du rire ». Celle-là, je la verrais bien avec des dizaines de fenêtres — et du lilas partout.

Crevette ne va pas à l'école. Tambour lui lit des livres empruntés à la bibliothèque de monsieur Lucien et à celle de mademoiselle Rosée : théologie et poésie. Rien de plus nourricier. La vérité sévère et la beauté incroyable : quoi d'autre enseigner ? La seule école fréquentée par Crevette est une école de danse. Tambour l'y accompagne. Il la regarde faire ses triples sauts dans une salle tapissée de miroirs. Il apporte un livre de Mallarmé qu'il feuillette pendant que Crevette s'échauffe à la barre. Il referme le livre dès qu'elle commence à danser. Ils sont seuls dans cette salle. Le professeur de danse, ébloui par les dons de Crevette, a vite renoncé à lui apprendre quoi que ce soit. Il a mis la salle à sa disposition, trois soirs par semaine. Crevette danse pour Tambour qui regarde dans les miroirs des dizaines de petites sœurs volant entre le parquet et le plafond, un peu boudinées dans leurs tutus roses, toutes avec un bec-de-lièvre. Adorables.

Ariane regarde ses enfants. Ils sont heureux et leur bonheur la déchire. Je ne suis pour rien dans ce qui leur arrive aujourd'hui — et je ne pourrai pas leur éviter la douleur et la mort, toutes choses qui viendront nécessairement. Je me sens un peu fatiguée, un peu vieille. J'ai une idée pour rajeunir. Manège arrive demain pour quelques jours, tout le monde sera là, je leur en ferai part. Le lendemain elle parle. Ils sont atterrés. Ils savent qu'« idée » chez Ariane veut dire « envie ». Ils savent aussi qu'aucune de ses envies n'est jamais restée sans effet — Manège, Tambour et Crevette étant trois effets parmi d'autres, particulièrement remarquables. L'idée d'Ariane c'est : je reprends tout à la source, je reviens au début, je me marie. Ils l'ont écoutée dans le silence. Ils sont ensuite allés se coucher, sans un mot. Personne n'a osé demander : te marier — avec qui ? La réponse arrive le surlendemain, au petit déjeuner : avec monsieur Armand, qu'est-ce que vous croyez ? D'un seul coup tout va mieux. On respire. On redoutait un quatrième mari avec un quatrième enfant. Et pourquoi pas cinq, six ou sept ? On en restera donc au chiffre trois. C'est un bon chiffre. Même Marie bleue de plâtre le pense.

Ils ont dansé toute la nuit — « *all night long* »
comme dit Tambour qui parle de plus en plus
souvent anglais. Ils ont bu toute la nuit — même
mademoiselle Rosée, ce qui explique peut-être
pourquoi elle se retrouve au petit matin assise
sur les genoux de monsieur Lucien.

Manège a conçu la robe de la mariée : des
violettes sur fond vert. J'adore les violettes, dit
monsieur Gomez à sa mère. Elles sont si belles
quand on les découvre dans les sous-bois. Elles
ont une façon de vous regarder qui vous ferait
rougir.

Parlez-moi encore de Dieu, demande monsieur Lucien à mademoiselle Rosée, en l'em-
brassant dans le cou. Vous avez une voix si douce
quand vous parlez de ce qui n'existe pas. Oh,
mais mon petit bonhomme, dit mademoiselle
Rosée en rajustant la bretelle de son soutien-

gorge, je ne cherche pas à vous convaincre de l'existence de Dieu. Si vous saviez comme il s'en fiche que vous croyiez en lui, ou non. Dieu, mon petit bonhomme, c'est aussi simple que le soleil. Le soleil ne nous demande pas de l'adorer. Il nous demande seulement de ne pas lui faire obstacle et de le laisser passer, laisser faire. Un peu comme Ariane dans la cuisine, quand elle demande aux enfants d'aller jouer un peu plus loin, afin de préparer cette nourriture qu'elle n'invente au fond que pour eux. Dieu, c'est pareil, mon petit bonhomme. Il aime nous voir rire et jouer. Le reste, il s'en occupe. Ne m'appelez plus petit bonhomme, répond monsieur Lucien, et dites-moi, vous qui savez tout : à quoi sert cette grosse panière dans la cour ? Ce n'est pas une panière, dit mademoiselle Rosée. C'est le cadeau des enfants pour les mariés . une montgolfière.

Ils ont bu et parlé et dansé toute la nuit. À l'aube le sommeil les a pris un par un, sauf Ariane et monsieur Armand. Ariane s'est dénudée, monsieur Armand a fait de même. Ils se sont avancés l'un vers l'autre, chacun tenant son cœur rouge dans ses mains jointes. Ils se sont embrassés, puis le cœur d'Ariane est tombé dans la poitrine béante de monsieur Armand, plouf, et le cœur de monsieur Armand s'est glissé dans la faille sous le sein gauche d'Ariane, plouf. Ils se sont rhabillés, ont regardé la salle où les premières agitations du réveil commençaient d'apparaître. Ils sont montés dans la nacelle de la montgolfière, ont jeté du lest et entamé leur dérive sous les applaudissements de tous. Bientôt ils n'étaient plus qu'un point dans le ciel rose du petit matin, bientôt plus rien, plus personne : *nobody* — comme soupirait Tambour.

Il y a des fous tellement fous que rien ne pourra jamais leur enlever des yeux la jolie fièvre d'amour. Qu'ils soient bénis. C'est grâce à eux que la terre est ronde et que l'aube à chaque fois se lève, se lève, se lève

DU MÊME AUTEUR

Aux Éditions Lettres Vives

L'ENCHANTEMENT SIMPLE. (repris avec LE HUITIÈME
    JOUR DE LA SEMAINE, L'ÉLOIGNEMENT DU
    MONDE et LE COLPORTEUR en « Poésie/Gallimard »).
LE HUITIÈME JOUR DE LA SEMAINE.
L'AUTRE VISAGE.
L'ÉLOIGNEMENT DU MONDE.
MOZART ET LA PLUIE.
LE CHRIST AUX COQUELICOTS.

Aux Éditions Mercure de France

TOUT LE MONDE EST OCCUPÉ (repris dans « Folio »
    nᵒ 3535).
PRISONNIER AU BERCEAU.

Aux Éditions Paroles d'Aube

LA MERVEILLE ET L'OBSCUR.

Aux Éditions Brandes

LETTRE POURPRE.
LE FEU DES CHAMBRES.

Aux Éditions Le Temps qu'il fait

ISABELLE BRUGES (repris dans « Folio », nᵒ 2820).
QUELQUES JOURS AVEC ELLES.
L'ÉPUISEMENT.
L'HOMME QUI MARCHE.
L'ÉQUILIBRISTE.

COLLECTION FOLIO

Composition CMB Graphic.
Impression Bussière
à Saint-Amand (Cher), le 12 mars 2008.
Dépôt légal : mars 2008.
1ᵉʳ dépôt légal dans la collection : mai 2001.
Numéro d'imprimeur : 080898/1.
ISBN 978-2-07-041925-8./Imprimé en France.

159325